青春文庫

自分をどう愛するか
〈生活編〉　幸せの求め方
〜新装版〜

藤周作

青春出版社

はじめに

私は人間が人間である一つの要素は自分の弱点にたいする劣等観念だと思っている。絶対的に自分は正しい、絶対的に自分は強い、絶対的に自分は自信がある、と思っている人はこの世のなかにまず存在しないのではないか。

そして、我々はこの自分の劣等観念にふりまわされてばかりいる。時には背のびをして強がってみせたり、時には逆に意気阻喪《いきそそう》してウジウジしすぎたりする。私も長い間、そうだった。

だが年の功のおかげで私は自分の弱さにたいする扱いかたを憶えた。無理をして強がらなくてもいいのだ。ありのまま、自分の弱さを承知して、その弱さを「できるだけ自分に有利に活用してみよう」と思うようになったのです。

だから、これからあなたに話すことは自分の弱点をいかに有利に活用するかということに盡《つ》きると思います。

もちろん、断わっておくが、この私の考えがすべてのあなたに適応できる筈はない。人それぞれのやり方、生き方があるのが我々の人生なんだからね。

だからこの本を読んであなたは「なるほど、こういう考え方もあるのか」という風に考えてください。そしてあなたの参考意見の一つとしてくれたらいい。それはちょうど漢方のある薬がすべての人に効くのではなくて、ある人には効くが、他の人にはむかないのと同じようなものです。

しかし自慢するようだが、参考意見としてはかなりの価値があると自負している。なにしろ長い歳月と年の功とがこっちにはあるんだから。爺さんの言うことも時には滋養になるのさ。

遠藤周作

自分をどう愛するか

目次

口絵写真／稲井勲

1 あなたの理解者はあなたをおいて他《ほか》にはない

生きることと、生活することとは違う。

生きることとは世間や他人という壁を無視して自分の心にあくまでも忠実であろうとすることだ。だが生活することとは世間や他人をやはり考慮して自分の未来をつくることだ。

――「ただいま浪人」より

凡人である自分の中の非凡

この本を読んでいる人の半分以上は、自分は人とのつき合い方が下手だと思っているか、私は人見知りをする人間だとか、人の好き嫌いが激しい性格だというふうに考えているはずです。自分は人づき合いのいい人間だと思っている人はあまりいないでしょう。

そして、日本の習慣により、いろんな人とつき合える人間は八方美人といって、誠実味に欠けているやつとか、本心を見せないやつ、あるいは陰険なやつという評価が与えられてきた。誰もが、八方美人的にみんなとつき合いたいと思いながら、一方では私は人づき合いが悪くて損をしていると悩んでいる。が、人とつき合うことが下手だと思っている人をみてみると、その理由はいくつかあるようです。

何らかの形で自分が劣等感を感じている。それが原因になって、なかなか人とつき合えないのが第一の理由。

たとえば、顔がまずいという劣等感がある。しかし、いまみたいに美が複雑多岐にわたっていると、研ナオコだって、見方によれば美人といえなくもない。ぼくは、泉ピン子の私設後援会長（ぼくが勝手に作ったのだから彼女は知らない）だけど、あの泉ピン子は見方によれば美人だと思いますよ。

つまり、生き生きとした顔、生命力の溢れた顔というのが〝美〟であり、もうギリシャ彫刻みたいな顔だけが美だとは誰も思っていない。むしろ、顔がまずいことによって、自分を特徴づけることもできる。逆に特徴づけろといいたい。

かく申すぼくも決して美男子じゃない。しかし、ぼくは若い頃自分の顔に劣等感をもったくせに、あつかましくて、大学を卒業したとき、松竹の俳優になろうとしたのだ（あの心理はどういう心理だろう）。

それから、地方から出てきた男は、自分の地方訛《なまり》に劣等感を感じて、そしてなかなか友だちができないという悩みを聞いたことがある。これはおかしいのだ。

東京弁というのはもともと存在しなかった。これは三河《みかわ》地方の言葉（ウソだと思ったら司馬遼太郎さんの小説を読みなさい）で、何々さんというのは三河言葉なのだ。そういう、いわば地方訛の三河弁ができないからといって、それに劣等感をもつというのはおかしい。

ぼくの考えでは、地方弁にはその土地の風土の滋味があって、標準語に比べてとてもきれいだと思いますよ。ものを書くときは読者に通じなくてはいけないから、一応、標準語を使うが、会話をするときは、ぼくは京阪神の育ちだから、関西弁をペラペラしゃべるでしょう。東京に出てきて、それを恥ずかしいと思ったことはない。むしろ、阪神弁を使うことがぼくの個性となってしまった。

岩手県出身の歌手でアメリカの女と結婚した千昌夫をみなさい。彼は東北弁を逆手にとって、自分のイメージを視聴者に定着させているではないですか。

組織の中、会社の中では、上役なんかには標準語を使わなくてはならないかもしれないが、友だち同士では地方訛を使うことによって、ずいぶん得をすることができる。その得というのは、自分のイメージをはっきり仲間に印象づけるということだ。

地方弁にはもう一つの利点がある。たとえば、ぼくは若い人に注意するとき、

「オイ、こんなことしちゃいかんじゃないか」

と東京弁でいうより、

「オイ、こんなことしたら、あかんで」

と関西弁でいったほうが、語調が柔らかくなり、相手がそれほど傷つかない。だから、自分の地方弁を時と状況に応じて、使い分けると、人づき合いにたいへん役立つことがあるんです。

こういった顔のまずさ、地方訛の劣等感ゆえに人とつき合うことが下手な人は、劣等感の理由になっているものを自分の個性にしてしまって、これを相手に印象づける武器にしてしまえばよい。

あなたの個性とのつき合い方

それから、人づき合いの下手な人の悩みには、「自分は口ベタだから」というのがある。こういう人には次のような方法を勧めたい。

口ベタで人とつき合うのが下手なら、聞き上手になりなさい。人間というものは、どんな人でも自分の話を誰かに聞いてもらいたい、わかってもらいたいと思っている。口ベタと思う人は、相づちの打ち方、話を聞く真剣な態度を研究すればいいのだ。そうすると、相手はあいつはオレの話をよく聞いてくれる、というわけで好印象をもつことになる。

聞き上手になるための勉強というのがある。これはいい対談集を読むことです。いちばんいいのが徳川夢声《とくがわむせい》のもの。彼は聞き上手の名人といえる。自分は話さないでどういうふうに相手から話をひき出していくのか。圧巻なのは、無口な人と対談しているときです。彼はそれをどう切り抜けているか。まずは徳川夢声の対談集を読んで、聞き上手の極意をつかんでほしい。

それからぼくの対談集だろうな。吉行淳之介のもいいです。これらの対談集を読むことで、相手から話を引き出していくには、どういう受け応えがいいのかがわかると思う。

ある有力な方をご主人にもつ夫人と対談したとき、

「あなたのご主人のように立派な人だったら、奥さんなんかぶんなぐらんでしょうな」

とぼくは水を向けた。

「いいえ、叩きましたよ」

と、その夫人はうっかりいってしまった。そのとき、聞き上手というのは、「ほう、そうですか」といってはいけない。そういえば、奥さんの気持ちとしては、あっ、とんだことをいってしまったと思い「いや、一度だけですがね」といういい方になってしまう。

それを「信じられませんねぇ、ぼくには」

とやると、相手は「ほんとなんですよ、遠藤さん」といって、ペラペラしゃべってしまう。これが聞き上手の秘訣といえる。

いい対談集を読むと、こういう言葉のかけひきがよくわかるはずだし、おのずと会得されます。

ロベタな人に勧めるもう一つの方法がある。それは、どんなやつに会っても、その話をすれば相手が笑い出すだろうという話を三つか四つ、いつも持っていることです。話が途切れ、詰まったとき、その話を持ち出せばよい。これは自分の体験談でも友だちの話でも、何でもよいのです。そうすれば、雰囲気も和らぎ、気軽にしゃべれるようになる。

人づき合いのヘタなやつの三番目のタイプは、本人は一生懸命やるんだけど、どうしても人から嫌われてしまう種類の人間だ。なぜ嫌われるかというと、この半分までは相手に生意気だと思われているか、あるいは陰険だという印象を与え、近寄りがたいと思われているからなんだ。

自分は生意気だとも、陰険だとも思っていないにもかかわらず、相手に悪い印象を与えてしまうやつがいるんです。相手から生意気だと思われているやつは、必ず手前自慢が会話の中に入っているはずです。

だから、生意気だと思われやすい人は、手前のことはできるだけしゃべらないようにつとめることだ。相手の興味を惹《ひ》くために「ぼくは今度、どこそこのいい車買ってなぁ」といった途端、相手はこの〝いい〟に反発するものなんだ。だから、生意気だと思われている人は、私話《わたし》をできるだけ控えた方がいい。

それから、とっつきにくいと思われている人は、人づき合いをスムーズにするちがった方法があるんだ。死んだ新田次郎さんがそうだった。比叡山の悪僧みたいな顔して、一見、とっつきにくい。それであるとき、新田さんに「オレが嫌いなんか」といったわけ。

「どうして?」というから、

「オレが話しかけてもムーッとした顔してる。嫌いなら嫌いというたほうがええで!」

「嫌いなことないよ」(新田)

「それなら、もうちょっと人の顔見てニコッと笑いなさい」

といったことがある。

そのあと、パーティで会ったら、傍らにやってきて、ニターッと笑って、

「遠藤さん、これでいいか」

っていった。そのとき、彼は何ともいえない愛嬌があって笑い出したなぁ。

だいたい、ムッツリしたやつの笑い方というのは偽善的な笑いにならないものです。オベッカ的にならない。愛嬌のある笑いになる。新田さんの笑いはとても愛嬌があった。だから、とっつきにくいと思われている人は、鏡を見て愛嬌のある笑い方を練習しなさい。作り笑いであっても、どことなく愛嬌がでるはずだ。

次に、油断ならないやつ、策士と思われている人は、薄笑いをしない方がいい。こういう人は、相手の眼を見て話すようにした方がいい。それから、人と約束したことを必ず守ることを心がけておくことです。

自分の何を問題とすべきか

こうして整理してみると、人とのつき合い方が下手なやつは、まず劣等感が原因になっている場合。それから口ベタだと錯覚している場合。三番目が他人の誤解をまねきやすい性格の人。この三つはぼくのいったやり方でやれば、だいたい解決する。

しかし、根本は自分以外のものに対する好奇心をもっていたら、人との交際が下手になるはずはないんだ。

ただし、あらゆる努力をしても嫌われる場合がある。それは相手に対して生理的嫌悪感を与えるとき、これはいかんともしがたい。百人中一人ぐらいは、あなたに対して生理的嫌悪感をもつやつがいる。逆にあなたが相手に生理的な嫌悪をいだくこともある。そいつは悪いやつじゃないと思うけど、そいつとつき合うのはイヤだ。これはもうダメです。諦めなさい。

人からどう思われているのか、たいへん気にするのは、だいたい若い頃に多い。つまり自分に自信がないわけ。こういうとき、他人の評価がものすごく気になる。しかし、ぼくの経験によれば、あなたに対してAというやつは悪口をいうけど、Bはほめる。この毀誉褒貶《きよほうへん》というのはどんなにしてもつきまとう。それをくよくよするなといってもムダ。この評価から逃れることは泥沼だ。

だから、ほめられたらうれしいと思い、悪口をいわれたら悩みなさい。が、だんだん自分に自信をもってくると、そうした感情が薄らぐはずです。仕事をちゃんとしてきた男なら、四十五歳ぐらいになれば確固たる自信があるから、逆にニラミ返しができるようになる。こうすると、向こうが機嫌をとってくるようになるんだ。

あんまりみんなと調子よくつき合うやつを八方美人というけど、ぼくはたいへんいいことだと思う。自分が調子よすぎるんじゃないかと悩む若者もいるけど、これは日本人的感覚だな。外人はパーティなんかでは誰とでも話すし、愛嬌も振りまく。これは当たり前のことですね。やたらとオベッカ使うのも困りもんだけど、それによって利益を得るという下心がなければ、八方美人も大いに結構ではないですか。

八方美人だなんてことに自己嫌悪を感じる必要はないのだ。むしろ誰とでもわけ隔てなくつき合いきれることの方がすばらしいんじゃないかな。

2 あなたは自分をどのくらい信じているか

人生はどうせ醜く、うすぎたない。とくに年とれば年とるほどその思いは強まっていく。そのように醜く、うすぎたない余生に結着つけずに生きのびることは一見、卑怯にみえるようだが、醜くてうすぎたない人生だからこそ、なお生きつづけることに値し、生きつづけねばならぬという考えも成り立つのではないか。

――「お茶を飲みながら」より

自分の欠点を好きになれるか

誰だって自分がイヤになる時はある。いわゆる自己嫌悪っていうやつだ。たとえば梶《かじ》井《い》基《もと》次《じ》郎《ろう》の言葉に「あっと叫んでろくろっくび」という言葉があるけれど、夜中に目を覚ますと、昔のものすごく恥ずかしかったことを思いだして、ギャーッとか、バカヤローとか、クソッタレとか叫んでしまう……。

経験のある人もいるだろう？

この自己嫌悪というのには、三種類ある。

一つは、自分の能力とか仕事とか、そういうことについて自信を失ってしまった場合、オレはダメな男だと思い自己嫌悪に陥ってしまう。

二つ目は、対人関係——たとえば女のこと——で自分が人間として標準以下だということに気がついたとき自己嫌悪に陥る。

三つ目。これは肉体的に劣っていると自覚したときだ。病気して回復に自信がなくなったりすると、生きていてもそう楽しいこともないしということで、自分の人生に嫌悪感を催す。

実は、ぼくも若い頃からこの三つはたっぷり味わってきている。

でも、ぼくの経験からいって、今日、自己嫌悪に陥ったら明日治る妙薬というのは絶対ない。いちばんいいのは時間だ。失恋と同じで、時が経つとともに忘れるということです。

よく〝自己嫌悪というものが自分をつくる上で肥しになる〟というけど、若いころは実感としてわかるもんじゃないと思う。しかし、このばかばかしいようなことが、ぼくみたいに、五十歳を越してくると、実に本当であったということがわかるんです。だけど、二十歳とか、二十五歳のときはそういうことが全然わからない。

でもちょっと考えてほしいのは、夜中に歯が痛いときに、世界中で自分だけが歯が痛くて苦しんでいる、と思うのと同じように、世界の中で、こんなことに苦しんでいるのは自分だけだ、という錯覚にとらわれることがある。

そのとき、自己嫌悪にとらわれているのは、実はその人だけではなくてほとんどの青年がそうなんだ。

もし自己嫌悪にとらわれないような男がいたら、そいつは友だちから鼻もちならぬイヤな人間に見られていることだけは知っておいた方がいい。そして自己嫌悪がなく、いつも自己満足しかないようなやつは、女にもきらわれる。

自己嫌悪にとらわれない男というのは、1たす1は2である、ということが非常にはっきりしている。世の中にはいいことと悪いことがこういうふうに決まっていて、だから自分の人生は割り切れるんだというような「鈍感による自信」をもっている。

こういう人は自己嫌悪にはならないだろう。だけど、青年時代というのは、1たす1がほんとうに2なのか、あるいは4であり5であるんじゃないのか？　と迷うことなんです。そういう迷いに駆られた人間だけが自己嫌悪に陥るんだからね。だからよほど鈍感でない限りどんなやつでも自己嫌悪に陥るのが当たり前。

マルクスであろうが、ヘーゲルであろうが、みんな自己嫌悪の時代があったと思います。「オレはイヤな男だ」という感じでね。

これは、こうすれば直るとか、自信をもてとか、肥しになるんだといったところで実感としてわからないだろう。「オレは世界でいちばん不幸な男だ」と思っているんだし、「世界でいちばんイヤな男でダメ人間だ」って考える齢なんだから。

だから、自己嫌悪は青春の特徴であるわけだ。三十代、四十代になっても、自己嫌悪に陥るけど、二十代ほど強くはない。

でも、ただ一つの慰めは、これは自分だけではなく、他のやつも、いま同じことで悩んでいる。そんなやつがうじょうじょいるんだということをまず考えるべきだ。

次に考えることは、いやな性格ということはいい性格、欠点ということは同時に長所だ、ということです。また、いいやつというのは悪いやつであり、悪いやつというのはそれゆえに魅力がでるということがあるわけ。

だから、感受性の鋭いやつっていうのは、芸術的にいいかもしれないけど、そいつらはえてして小心でエゴイストだ。男性的な性格というのも、神経が粗雑な場合もある。長所イコール欠点、欠点イコール長所だということは、二十五年ぐらい生きればわかるだろう。

しかも、そういう性格というのは直すことができない。ぼくもなんとか自分の性格を直そうと思って、この五十数年やってみたけど直らなかった。直らないんだったら、この短所というのか、弱いところを自分のいい面にすることはできないか、ということを考えるべきだ。

あなたの中の意外をどうつかまえるか

ぼくが能力的な自己嫌悪に悩まされたのは、やはり大学に入る時だった。浪人生活は三年。先に入ったやつは大学生になっているのに、まだ浪人やっているわけです。

面と向かって人からバカだといわれたし、現在ほど浪人生はあまりいないし、肩身の狭い思いはイヤというほどした。

おまけにうっかりすると兵隊に取られる。だんだん戦況は切迫するし、どこかへ入ろうと思っても入れてくれない。まわりのやつもみんなバカにしているわけです。浪人を三年もしていれば……。

だから、能力的な自己嫌悪はいくらでも味わった。

だけど、いくら能力がないといったって、全然ないことはない。この能力がないなら、それをひっくり返した能力があるかどうかを自問してみることだ。

たとえば、ぼくは数学の才能というのがベラボーにない男でしてね、自慢じゃないけど。それでぼくは浪人三年ばかりしちゃった。

そのとき数学ができないんだったら、あと文科しかないわけじゃない。だが、その文科のほうが成績いいかといったら、それほどでもなかった。

しかし、数学よりはまだましだった。そこで、文科のほうへ転じたわけです。

家からは医学部受けよといわれてたんだけど、医学部受けても落っこちるから文科へ転じたわけです。そこでもダメだったんだけど、たまさか、そこでいい先生にぶつかって、お前、文学っていうのはこんなにおもしろいんだぞ、ということを触発してもらった。おかげで、いままで隠れていたものが、ウエーって感じで興味が起きてきた。

こういうことがあるから、能力的なマイナス点は別のプラス点に転化できると思う。計算が下手なやつは、計算以外のことで必ず長所がある。自分が、能力的な自己嫌悪になったら、それじゃ、何ができるのかを思い浮かべて、そこでカバーすることだ。

非力なやつは弁舌によってケンカができないかということを考えるべきです。動物でも武器のないやつは保護色を使ったりしている。人間も、腕力のないやつは弁舌が巧みになるとかして、自己防衛力というのは必ず潜在的にあると思う。それを引き出すようにしたほうがいい。

たとえば、浪人ばっかりしてしまって、三流大学へ入ってしまった。そういう男は三流大学を最大限に利用することです。三流大学はまず先輩たちに有力な人間がいないということだ。有力な人間がいなかったから、その中でちょっと頭角をあらわすと、教授なんかが集中的にかわいがってくれるわけだ。

だけど一流大学は、社会に大勢の有力な先輩がいて、「私は先輩と同じ大学の在学生です」といって、有力な先輩を訪ねたって無視されるだけ。東大生が、先輩のところへ行っても「フフン」だろう。ところが、新しくできた三流大学だったら「お前、オレの後輩か」ということで、かわいがってもらえる。

そういう三流大学の長所を最大限に活用することだ。むしろ、三流大学へ入ったことで、逆にパイオニアになれる可能性は大きいんだから。

会社でも同じだと思う。大きな会社へ入ったやつっていうのは、出世するのはなかなかしんどいけど、小規模な会社なら、比較的早く上へいけるだろう。

だから、マイナスをプラスにすることを覚えろということ。これを、ぼくは自分ではかなりやっている、ほんとうは。

さっきも書いたけど、ぼくにとって非常に幸運だったのは、大学でいい先生に出会ったことだった。勉強って、こんなに面白いんだぜということを話してくれて、講義も熱心にやってくれた。そしたら、ほんとにこんな面白いんかと思って勉強するようになったんです。ほんとにちょっとしたきっかけで人間って変わってしまう。

もう一つ考えていいのは、若いときの特権だ。ぼくらの年齢だと、したらいけないということだらけになってしまう。だけど、若いゆえにしたらいけないということはあんまりない。だから能力的な自己嫌悪だって、決してチェンジできないもんじゃないと思う。たとえば、オレはこの才能がないけど、ほかの才能の可能性はどうかといったら、若いときにはいくらでもそのフィールドがみつかるはずだ。

音感のすばらしいやつが、ドストエフスキー読まなくたって、一向にかまわないんだ。野球の選手が、微積分や高等数学なんか知らなくたって、恥でも何でもないんだ。

いまは、もうわれわれの時代とちがって、一つの分野に興味をもったら、そいつが英雄になれる時代じゃない？　だから、能力における自己嫌悪というのは、比較的にぼくの時代よりも回復しやすいものがあるはずです。

ぼくの知っている高校生の親が相談にきたことがある。その子は、退校寸前で、勉強もできないというわけだ。それで、ぼくは、「高校やめてベルリッツ（東京にある専門学校）へ行きなさい」といった。「何でですか？」というから「あそこは英語しか教えない。お子さんは英語は好きだというとるから、ベルリッツへ行け」といったわけ。

その子はぼくのいうとおり高校をやめてベルリッツへ行った。朝から晩までさしで授業してくれるし、先生が若い女の子だから、夢中になって勉強しているうちに英語がうまくなっちゃった。

そこで、そこの先生から「あなた、アメリカの高校に留学しませんか」といわれて、アメリカの高校に入学したわけだ。彼はフットボールをやっていたから、アメリカでもフットボール選手になった。そしたらヒーローになっちゃって、女の子にもモテるし、オレはできるんだなという自信が、勉強につながった。いまハーバードのビジネススクールへ行っている。こういうふうに能力なんて転化できるわけだ、若いってことは。

ぼくらの年齢になると、作家としての能力のないやつが――ぼくみたいに――今度ほかの商売につこうと思ったって、もう二十代と同じようにはできない。だから能力的なことのチェンジが可能だということを考えたほうがよい。

心を悩ませるものの実体

さて、今度は対人関係とか道徳的な劣等感による自己嫌悪をもつというやつだ。

これは、キザないい方だけど人間修行にいちばんいいんだって。これはいわないでもわかってくれるだろうと思うけど、古今東西の宗教がいってることは、自己嫌悪をもったやつこそ救われるということです。

親鸞《しんらん》さんも、キリストもいっているわけだ。自己嫌悪をもたないようなやつは救われないのですよ。キリスト教を三十年も勉強したぼくがいってるのだから、これほど確かなことはない。それは信頼してもらってもいい。つまり、自己嫌悪をもつ者ほど道徳的に敏感なんだ。「オレは悪いことをした」と思えば、もうそれで許されるということさえいえるぐらいだ。

その自己嫌悪をもったやつが、もの書きになったらとってもいいんだけどね、ほんとに。

だけど、道徳的な悩みといっても、モノを盗んだとかいうことじゃない。若いときなら、異性関係とかセックスの問題とかで自己嫌悪に陥るんだと思うけど、これがやっぱり、人間が大人になるための一つの肥しになることは確か。これについてはくどくどいわなくてもわかってくれるだろう。

自己嫌悪というのは、けっきょく自己分析でもあるわけです。自分のどこがイヤなのかということをそのとき知っているんだ。たとえば恋人と歩いていたら暴力団みたいなやつにからまれ、走って逃げてしまったとする。こんなとき、ああ、なんてイヤな男だろうと自己嫌悪に陥るだろう。が、その卑怯で気の小さい性格を逆に長所にできないかと考えた方がいい。

最初に述べた肉体的な自己嫌悪も若いときに味わいました。ぼくは、青年時代あまりからだが強くなかった。結核やったしね。当時、結核なんていうのは、治らない病気とされていた。田舎では、結核患者の家のところは口を掩《おお》ってパーッと走って通るぐらい、忌《い》み嫌われた病気だ。まあ、手術して悪いところは切っちゃったから完全に治ったけどね。肺の面積は少なくなったけれども……。だけど、いまの手術とちがって昔のあらっぽい手術だから、骨を何本も取ったり、傷跡が残ってるわけ。

そのために水泳なんかできやしない。銭湯なんかいくと、みんな驚くわけだ。ぼくはそういう手術を受けて、劣等感をもっちゃいけないと思って、すぐに行ったのが自動車の免許取りだ。

つまり、そういう精神バランスをとればいい。水泳はできないが、自動車の運転はできる。それから社交ダンスや催眠術も習いに行った。ただ、語学みたいに長期にかかわる練習ごとはやめた方がいい。長期にかかると意志の弱いぼくみたいなのはすぐ投げるから、だいたい半年ぐらいでライセンスが取れるようなものばかり習えというんです。

自己嫌悪には時間がいちばんいいんだけど、それが許されなかったら、いまいったようなことも考えてもいい。ぼくはそういうふうにやってきたからね、今日まで。

自分を信じられない人の落とし穴

それから、容姿に劣等感をもつやつがいる。特に顔。男より女の方がはるかに多いけど。そういうやつには「大竹しのぶを見よ」という。美しいことと魅力のあるということはまったくちがうということです。美しくはなれないかもしれないけど、魅力ある人にはなれるということはよくいわれるけど、確かだよ、君！

サルトルの片眼は有名だけど、パリ高等師範学校のとき、医者が手術したら治るといった。ずいぶん迷ったけど、それを拒絶して「この片眼というのが私だ。だから治さない」といった。ぼくもサルトルが日本に来たとき彼に会ったけど、男が見てもほんとうに魅力がある。だから、魅力ある顔っていうのはつくれるんだ。どんなブスでも魅力ある顔はつくれる。

これはキャバレー・ハリウッドの社長、福富君がいっていたけど、こと女に関しては、君はきれいだ、と毎日いってやるんだと。実際、ほんとにきれいになっていく。初めて田舎から出てきたときは何でもない女がきれいになっていくという。そうした女性がナンバーワンになっていく。

クラブなんかでもそうだけど、ナンバーワンは決してきれいじゃないんだ。客にとって魅力のある女がナンバーワンになる。もともときれいなやつはナンバーワンにならないんだって。

だから、「大竹しのぶを見よ」というのです。彼女ほどいま魅力ある女優ってちょっといない。昔は美の標準が決まっていたから、こういう顔立ちでなきゃ美男子じゃない、美女じゃないといわれたけど、いまは美の概念が混乱しているから、どんな顔でも美人になれる。

昔の基準からいうとブスであれば美人ということになるわけだ。『四季・奈津子』なんて映画にでてくる烏丸せつこなんて、昔でいうと大ブスだよ。それから、九州出身の宮崎美子っていうのは、大竹しのぶ型だから人気あるんじゃないの。いまは美人のフィールドもずいぶん広がっている。

でも、いまの若者のいちばんの弱点は、優越感のほうが強すぎるということ。これをこの結論にしたいと思う。そして、自己嫌悪、劣等感を抱かないってことが大人になっていない証拠なんです。たとえば、全学連の連中なんかは、おれの思想だけが正しい、ほかのやつは間違っていると考えている。また、あのオートバイをブォーッと走らせる暴走族なんかは、あの瞬間、すごい優越感に浸っているんだろう。このようにいまは安易に優越感をもっちゃうわけだ。

昔はその点ちょっとよかった。それは徒弟制度があったからだ。技術の未熟な若者たちはぶんなぐられるわけ。ぼくなんかも先輩によくなぐられた。ぶんなぐられることで劣等感をいつも感じさせられている。そして、劣等感を克服していくと、初めて大人の免許をバンとくれるわけだ。

つまり、大人になるっていうことは劣等感を味わってきたことで、自分だけじゃなく他人もこんな劣等感をもっているんだなと思えるようになる。そして、思想というものも、すべて相対的なもので絶対的な思想というものはないのだ、ということを知っている。自分という存在も絶対ではなく、すべてにおいて相対的なんだということがわかったとき、社会が「大人になりました」と、免許証を与えてくれたわけだ。だから、社会的規範に従ってあんまりスピードもださないということになったんじゃないかなあ。

だから、自己嫌悪を乗りこえることが大人になることなんだ。それには、自分のイヤな性格、劣っている能力を、いかにプラスに作用させるかにかかっている。

3　人間は一人で生きるべき存在か

人間にもし、強者と弱者があるとするなら、僕は意気地なしの弱虫だった。僕は今日に至るまで一度として自分のすべてに自信も信念も所有できなかった男だった。

――「影法師」より

その人はどんな考え方をする人か

はじめにお断わりしておかなくちゃいけないけど、ぼくは一般社会の組織の中で働いたことがない人間なんです。そして、仕事もひとりでする。だから、非常に考え方が主観的になってしまうことを、まず了解してもらいたいと思う。

この章のテーマである〝ライバル〟についても、会社の中に競争相手がいて、そいつとしのぎを削ったり、術策を弄《ろう》して相手を抜いたりしたような経験というものが、ぼくの場合にはないわけ。

だから、以下に話すことはぼく個人の考えというより、あなたがたのディスカッションの材料としてきいてほしい。

ライバルへの対し方、遇し方というものはいろいろあると思うけれど、これは、その人の性格、および他人に対する関係の持ち方、考え方などによって、ずいぶんとちがってくるものだと思う。

昔、ある雑誌の企画で二十人くらいの社長と連載対談をしたことがあった。そのとき、毎回かならず、

「あなたはスランプのとき、どう克服しましたか」

という質問をした。そのときに気がついたことは、積極的で闘志あふれる人は、そういうスランプのときに、嵐に立ち向かっていくという感じで、どんどん手を打って克服したということだ。

ところが、そうでない非積極的な人は、「いや、私は嵐が吹き去るのを辛抱強く待っていました」というような意味のことをいう。つまり、嵐というのはいつまでも吹いているものじゃなくて、やがて過ぎ去ってしまうものだから、それをジッと

待っているというわけだ。

このように、スランプの克服法でもその人の性質によってちがってくるということです。だから、忍耐強いとか、小心なやつが、ある友だちが積極的に立ち向かってスランプを克服したからといって、自分も同じ方法をやろうとすると、無理が生じて必ず失敗する。

といって、積極的な性格のやつが、友だちがじっと嵐の過ぎ去るのを耐えているのを見て、オレもスランプのときはそれをやろうと思って、じっと耐えてみても、体がうずうずして、かえってマイナスになることが、ぼくはそのインタビューをやってみてわかった。

ライバルや競争相手とのつき合い方には、いろんなやり方が確かにあるだろうと思うけれども、人とけんかしたくない性格ってあると思う。ライバルともけんかして争いたくないという性格の持ち主がいるもんだ。ぼくなんかそうだ。

それを「よしっ、相手がそう出るならオレはやったるぜ」ということよりも、自然体でいくのがいちばんいいのだ、というのがみんなに対する忠告です。

おそらく、いまの若者の60%ぐらいは、競争相手がいても、なるべくけんかをしないでいきたいという気持ちじゃないでしょうか。ムダな摩擦や、そういうことでくよくよしたり、いじめられたらいけない、と思ったりする性格の人が多いんじゃないか。だから、そういうやつは、ライバルをライバルと思うな、ライバルを味方にする方法を考えろといいたいわけです。

自分の競争相手になるやつが非常に業績のあることをやったら、それに心から敬意を表したらよい。それは卑屈でも何でもなく正当なことだし、ほめられてイヤな気がするやつはいないはずだ。こんなときは業績をあげたライバルの方が勝つにきまっているんだから。

そのときはライバルのうしろにピタッとくっついて、一緒に走っていればいいのだ。ライバルの憎しみを買って、ムダなエネルギーを使うことはない。

ライバルを意識すると、こいつを抜こうとしたり、トップに立とうという気持ちになる。マラソンのときのように、前を走るやつを抜こうとする。しかし、抜いてしまうと、余計なエネルギーを使うものだ。うしろから迫ってこられるという不安感もあるし……。

そうじゃなくて、ライバルのうしろからピタッとついて、「あんた、ほんまに速いな」といいながら走っていく方法を考えろというわけです。

誰のかげに隠れるのか

〝ライバルを利用して、ライバルのうしろから走っていく〟

しかし、これはライバルから五、六番目ぐらいで走ったらいけない。トップから五番目ぐらいに走っていて、追い抜くときに距離が離れすぎてダメなのだ。だいたい三番目あたりを走っていたらいいのだ。五十歳ぐらいまでは……。

ラストスパートをかけるときは、その職業によってちがうが、スパートするときは満を持して走ればいい。これはマラソンのときと同じだよ。

だから、ライバルを先に立てるのがいちばんだ。ライバルに敵愾心《てきがいしん》を起こさせたらいけない。ライバルから多少なめられて、まったくなめられてはダメだが――あいつはオレより下だと思わすようにすることが必要だ。

いまの若いやつは、けんかしたくないはずだ、ムダなけんかを。四海波立つよりは気持ちよく毎日、会社からうちへ帰りたい、学校から帰りたいというわけだ。なにもキミ、何事も一番でなくてもいいんで、地道に三番目あたりについていく方法をぼくはみんなに勧めたいと思う。つまり、〝ライバルを抜こうと思うな。ライバルを立てて、風よけにしてうしろから走れ〟

憎しみをいだかせないという点では、ライバルとのつき合い方も「生活の知恵」なんだ。

大切なのは、ライバルを自分の味方にして、友だちになることだ、ライバルから助けてもらうことを考えた方が楽です。

ライバルの片腕みたいになって、彼が部長になったら自分は次長になる、ライバルが社長になったら、自分は副社長になる、ということを考えてみてもいいんじゃないか。人生は長いんだから、最後にどうなるかわからないでしょう。最後が。

一般的にいって、そういうふうにした方が結果的にうまくいく性格のやつが多いと思う。トップを切って走るっていうのはつらいのではないだろうか。

つまり、大学に入るのに一番で入ろうが、ビリで入ろうが同じことじゃないか。そんなこと誰でもわかっていることだ。ぼくは慶応大学に補欠で入ったが、慶応に一番で入ったって、ビリで入ったって、慶応の学生だということに変りはなかったもの。べつに大差なくなってしまう。社会へ入ったら、学校時代に習ったことをほとんど忘れるから、一番で入ろうがビリで入ろうが同格に扱われるんです。

一人を選ぶときの心の決め方

ライバルがいた方が、その人の励みになるかどうか。励みになるという人はだいたい積極的な性格のやつだ。あいつを目標にして、励みにしようというやつは、こういうテーマは必要がないのかもしれない。こういうテーマをほんとうに必要としているのは、ライバルがいるからしんどいとか、ライバルのために気を使うとか、ライバルにいじめられるという心配をもっている若者たちだと思う。

こういう人は、そんなものを目標とするより、むしろライバルがいるゆえに自分をエンジョイするという気持ちにもっていった方がいいんじゃない？　あまりライバルを意識しないで、その場所をエンジョイした方がいい。

つまり、人生というのは長距離競走。これを読んでいる若い人たちに、是非いっておきたいのは、目の前のライバルを意識しすぎ、考えすぎているのは、人生を短距離競走だと思っているからじゃないだろうか。学校時代のライバルとかいうのは、やはり学校時代が人生のすべてであると思っているからなのだ。

会社に入ったってライバル視する人は当然でてくるだろう。それじゃ、どういう術策を弄してライバルを蹴落とそうかということなんだろうと思うのだ。たとえば、上司にどこかへ転勤させられそうになったとき、うまく身をかわして、ライバルを転勤させてしまうというように。

しかし、術策を弄せるやつ、術策を弄すと自分がイヤでたまらないやつ、術策を思いつかないやつ、上司にゴマのすれないやつと、いろいろなタイプがいるでしょう。でも、気の弱い連中が無理に攻めようとしてもたいていダメだ。

でも、術策を弄せんでも浮かび上がるときは必ず浮かび上がるものです。あんまり術策を弄さなくても、自然体でいるやつが意外と友人たちの支持があったりして、ふわっと、浮かび上がる。いい例が鈴木善幸さんだ。

だから、いま短絡的に術策を弄するよりも、あいつは術策を弄さないで、誰とでも仲良くするぜという評判をとるやつが、最終的に勝つだろう。

だから無理しないこと。ただし、一剣は磨いておく必要はある。これは忘れてはいけない。つまりライバルがAというんだったら、AとはまったくちがうBという分野に着眼して、それをひそかに磨いておくことだ。怠けとれ、ということじゃない。それがないと最後に追い抜くときに困るから。

以上をまとめると、ライバルに、あいつはこわいと思わせないこと。でも、あいつは使える。自分の役に立つと思わせておくのだ。こわいと思われているやつには友だちがいなくなってしまう。一剣を磨いても、ちゃんと、へまなところをつくっておく。そうすれば、友だちもできる。

こうして、ライバル関係とはちがう自分の派閥をつくっておくことが肝心ということです。

自分の性格を無視して背伸びすると、失敗することが多い。背伸びを上にせずに横へ背伸びする、横に手を広げていけばいい。

十年、十五年先のよりよい人間関係をつくりあげるために、横へ広げた布石を打っておけというんだ。いま、何とか部長にゴマすったって、そいつが、出世の系列からはずれてしまうことだってあるだろう。

結論めいたことをくりかえすとライバルのうしろから走りながら、将来は自分の味方に抱き込むぐらいの布石を打っておくべきです。それには一剣を磨くことと、横の人間関係をつくることなんです。

4 あなたにとっていま一番大切なもの

素直に他人を愛し、素直にどんな人をも信じ、だまされても、裏切られてもその信頼や愛情の灯をまもり続けて行く人間は、今の世の中ではバカにみえるかもしれぬ。

だがバカではない……おバカさんなのだ。人生に自分のともした小さな光を、いつまでもたやすまいとするおバカさんなのだ。

――「おバカさん」より

あばたとえくぼの因果関係

人間には誰でも〝嫉妬心〟というものがある。聖人といえどもこの感情からはのがれられない、実にやっかいなものといえる。この感情がいろいろな形で爆発することが、人間関係のトラブルになっているケースも多いと思う。

この自分の嫉妬心の感情を抑え、または他人からの嫉妬をのがれる手はないものだろうか。

その前に、嫉妬心とはどこからくるのか、その定義を考えてみよう。いろいろな人が嫉妬の感情を定義づけているが、ぼくは、〝自尊心を踏みにじられることから起こる感情〟だと思う。

たとえば、あなたと同じ年齢、同じ立場にある人間が、自分よりぬきん出た評価をされても、やきもちやかない、といったらウソになるでしょう。なぜ、やきもちをやくかといったら、あなたの自尊心を傷つけられたからだと思う。

また、あなたに好きな女がいて、彼女がほかの男に夢中になったら、ものすごくあなたの自尊心を傷つけられたと思うんじゃないかな。だから、嫉妬心が起こるというのは、自尊心を傷つけられたことから発しているんだと解釈できる。

人の好き、嫌いという嫌悪感は、その人を見たときに起きる不愉快な感情だけど、嫉妬心の場合は、何を見てもこの感情が起きる。

たとえば、自分の彼女が普段とちがう服装をしていると〝ひょっとするとオレとちがう男とデートするんじゃないか〟とカンぐる。あなたが新しいネクタイをしていると、彼女は、〝他の女性に気があるのでは〟と嫉妬心を起こす。だから、何を見ても、いかなるものにも嫉妬心は触発される。

二番目の特徴として、嫉妬の情は、過去のことでも、未来のことでも、あたかもいま行なわれているかのごとく嫉妬しますね。

いま、あなたとつき合っている女性がいたとしよう。が、あなたには昔、相思相愛の女性A子がいた。新しい彼女にブローチをプレゼントすると、もうそれだけで、嫉妬心を触発される。〝このブローチはA子の趣味ではないのか〟と。

すでにA子は結婚して、あなたとは関係ないのに、それでも、彼女が目の前にいるかのごとく嫉妬心を起こす。

未来のことでも同じことです。出張先や旅行中に別な女性と間違いを起こすのではないか、と勝手に想像力をかき立て、あたかも現在あなたがそれをやっているかのように嫉妬する。

こうしてみると、嫉妬心というのは、その3分の2が根拠のないものだといえる。ほかの感情に比べると、いわれのないムダなエネルギーを使っていることが多いはずです。

この嫉妬の感情は誰でもあるので、これを根本的になくす手だてはない。しかし、いま述べた嫉妬心のからくり——その3分の2が根拠のないもので、過去、未来にかかわらず触発される——を知っている人と知らない人とでは、差がでてくる。嫉妬のからくりを見極めると、絶対にとはいわないが、ある程度、コントロールできることもある。

恋愛していると、〝あばたもえくぼ〟ということがあるでしょう。本来、神経質な男でも、彼に夢中になっている女は、神経が細やかな人だと思うし、神経の粗雑な男にほれた女は、男性的な性格と錯覚している。が、この嫉妬の場合は、これがまったく逆になる。恋をして目がくらんでしまっているのが〝あばたもえくぼ〟。正確、冷静に判断したら〝あばた〟だった。今度は、嫉妬心で目がくらむと、可愛い〝えくぼ〟も〝あばた〟に見える。

こうした嫉妬心の性格を踏まえても、絶対に嫉妬の情が起きないという保証はない。

それじゃ、自分が嫉妬心で悩まずに済む方法はないのだろうか。一つだけありま す。それは自分に自信をもつということ。自分の彼女が、パーティのとき、ほかの男と一緒に踊ろうが、酒飲んでいようが、結局、自分のところに来るんだという自信。この自信がないから、びくびくしたり、しゃくにさわったりする。

抽象的にいえば、自信があれば嫉妬心は起きないということになる。完全に嫉妬の感情を抑え込むことは不可能だけれど、自信をもてば嫉妬心の量が少なくなることは確かです。

すべての女性が心の奥底で求めている男

さて、以上の話は、自分の嫉妬心をどうコントロールするかについて述べたが、次に自分の恋人や会社内の同僚に、嫉妬心を起こさせない方法について考えてみよう。

まず、嫉妬心を起こさせないためには、相手の自尊心を傷つけることをしないこと。相手の自信を失わせるようなことはしないこと。この二点があげられます。それには、相手をほめることがいちばんいい。自分のライバルには〝オレはキミにはかなわないよ〟といつもいっておく。

これは女性に対してもいえることだ。

女が自信をもっている間は、男に嫉妬心は起こさないわけ。その自信、安心感を女にうえつけるには、多少とも軽べつされた方がいい。

決定的に女性からバカにされないで、ちょっと彼女を油断させる方法を話そう。

まず、いつも「オレは女にモテる、女にモテる」と彼女にフイておく。「昨日、飲みに行ったら、初対面の女の子と親しくなったよ」とかいうと、彼女はイヤな顔をするじゃない。そういうことをしばらく続けたあと、自分の友人（男）と彼女と三人で、遊びに行ったり、飲みに行く機会をつくる。その時、友人に前もって次のようなことを頼んでおくとよい。

「彼女とお前が二人きりになったら、オレが普段モテる、モテるといっているのはウソで、女にはからきしダメな男だ、と耳うちしてくれ」と。

友だちにこういわせておけば、彼女はキミを多少、軽蔑するかもしれないけど、何よりも安心する。結局、この人は私のところに戻ってくるんだわという安心感をたたきこむことです。

女にとって大事なことは、いまの場所を崩されないでいることです。「私は誰々の女房、婚約者」だという自尊心、場所が崩れたとき、嫉妬心を起こす。

女の嫉妬心をさけるには、バカにされた方がいい。職場における能力をバカにされる必要はないが、こと、女性に関する能力ではバカにされなさい。

一方に、女は、自分以外の女にモテるような男に魅力を感じるといいます。が、それも一面では確かなんだが、しかし、「自分以外の女にモテない男だと安心する情念」の方が強い。

普通の女の子にきくと、美男子や医者をイヤがる。医者はいつも看護婦さんたちに取り囲まれている。美男子というのは、ライバルがたくさんいて、自分一人のものにする自信がないという心理からです。

だから、「ほかの女にモテるような男でなきゃ、私は嫌いよ」という言葉にだまされてはいけない。それよりも、たとえ芝居してでもいいから女の自尊心を傷つけず、安心させておく方が賢明なんです。これは長いこと人生をやってきた男の忠告だと思ってください。

おバカさんに惹《ひ》かれる女心

次に職場における嫉妬心について述べましょう。よく若い人にいうんですが、だいたい四十歳くらいまでの間に一番手に立たないようにしなさい、とね。トップに立つと風当たりが強いことはわかるでしょう。前にいったように誰もが、みんなトップのやつをライバル視して、嫉妬されるに決まっている。

それを避けるには、三番手か四番手がいちばんいい。後ろの方だと、トップに水をあけられすぎて、追い抜けない。が、三番手ぐらいだと、嫉妬、やっかみは前のやつが受けてくれるし、最後のラスト・スパートで余力を蓄えて、一気に追い抜ける好位置といえる。

では、なぜ、二番じゃなく三番がいいのか。それは、三番の人にはトップの一番との間に、二人の関係を中和してくれる二番手の存在があるからです。この中和してくれる存在を、自分のライバルと自分との間にたえず持っておけというんです。

そいつがいるために、トップのやつから憎まれないで済むし、人間関係のバランスもとれる。よく、BとAが対立しているとき、その共通の友だちが両方を中和してくれるでしょう。そういう存在の友だちとして、二番手の人は最適といえます。トップの嫉妬心をもろにかぶらないから。そして、この二番手のやつを、やがて自分のラスト・スパートのときに自分の味方になってくれるようにもしておかなくちゃいけない。

それから、これはちょっと、わき道にそれるけど、人生というのは名前やペンネームをつけることで、その人の道がある程度決まってしまうのだ。

たとえば、ぼくは若いころに、狐狸庵《こりあん》というニックネームをつけたでしょう。はじめから齢をとった名前のイメージをみんなに与えておいたから、いつまでたっても楽だったね。逆に、いつも若くみせているということはエネルギーがいると思う。ぼくみたいなやつは、はじめから風当たりの強くないところで、楽してやろうと思っていたから、さまざまな嫉妬心をこのネーミングが緩和したと思う。

こういうふうに、他人の嫉妬心を和らげる方法がいろいろあると思う。秀才ぶったり、キレ者だと思わせるのは二流の人物です。そうすると、相手の嫉妬心を起こさせるものだから、あいつも、アホやでぇというところをもってなきゃ大成しない。

日露戦争のときの満州軍総司令官だった大山巖《おおやまいわお》（鹿児島出身）という人は、人に決して自分は秀才だというところを見せなかった。茫洋《ぼうよう》としていて、いつも「そうでごわすか」の一言。本来はたいへん頭のいい人だったが、部下にシャープなやつを置いといて、自分は彼らより劣っているようなポーズをつねにとりつづけたといいます。

鈴木善幸首相もある意味では、こんなところがあるのかもしれない。いつの間にか総理大臣にさせられてしまった。つまり、ライバルたちに嫉妬心を起こさせるような秀才だったら、総理になるとき、みんなが反対したに決まっている。嫉妬心を起こさせない三番手だったから、総理大臣になったといえなくもない。この方法というのは、職場でも通用するんです。

まったくの昼あんどんになったらいけないけど、ある程度、スキがあったり、愛嬌があった方が、他人は安心するわけです。でも、頭からバカにされたり、軽蔑されたらいけないよ。みんなが愛情をもって「あいつはバカだなぁ」といえる人間になれ、といいたい。それが、人のわずらわしい嫉妬心から逃れるコツなんです。

5　ひとりの人間に与えられた絶対的法則

自分のやっていることを、それは何でもいい、女を引っかけることでも、悪でも、それを突き詰めたら荒涼たる世界に出るだろう。だから、何をしてもいいということじゃない。何をしても、そこへ行ってしまうということなのだ。行ってしまったとき、神の存在を感ずるだろう、と思う。

――「対談　救いと文学と」より

ツキに乗る自分、乗れない自分

ぼくはある時期、占いにこったことがある。自分で占いをするんじゃなくて、都内の占師五人ぐらいをはしごして回った。同じ質問を用意して、一人ひとりにきいて回ったわけです。

手相や、筮竹《ぜいちく》、ジプシートランプ占い、それからよくテレビに出ておられた女性の占師とか、いろんな種類の占いで鑑定してもらった。そうしたら、全員、答えがちがっているのね。そこから考えられることは、その中の一つだけが当たっているのか（好意をもっていえば）、それとも全員が当たっていないのか、どちらかだ。

そのとき、いろいろ考えたんだけど、ぼくは占いを絶対的に信頼するわけがないんだが、何か自分がやりたいけれどもどうしようか迷っているときとか、どれかを選択したいが踏み切れないとき、第三者から保証や安心を得たい。やりなさいとか、やったらいけませんよという、自分の願望の保証を得るときに役立つもんだということがわかった。

それから、毎年、年末になると高島易断の雑誌なんかを買うんです。今年は衰運だとか、盛運だとかいって、無意識のうちに気にしているところもある。正直いってぼくの場合、ドンピシャリ当たっているということはあまりない。当たっていると思えば、当たっているし、相当あやふやなところが多い。

けれども、そういうことは別にして、人生にはツイているとか、ツカないとかいうことは、確かにあるように思う。

昔、野球の大洋ホエールズに三原監督がいたでしょう。智将として有名だった。三原さんというのはツキをたいへん大切にして、昨日ヒットを打ったやつをピンチのとき、ピンチヒッターとして重大場面に出したりしていた。彼と対談したとき、

「ツキをほんとうに信じているのですか」

ときいたら、三原さんは、

「私はやっぱりそういうことを大事にしています」と答えた。三原さんがいうには、麻雀をやる前日、馴染みのバーなんかへ行って、横へホステスが座る。このホステスの中でもA子に座られると、必ず翌日の麻雀に負けるというんです。

確かにそういうことはある。そいつと会うとその日はよくないという女がいるものだ。翌日、勝負事に負けるとか、仕事でチョンボするとかいうことがあるだろう？

以前、二十人ほどの社長さんと対談したとき、毎回、「あなたはスランプのとき、どうしますか？」ということをきいたんです。その中で、一人、面白い答えをした社長さんがいた。それは、スランプなど、自分に運がないときは、ツイている人に〝つきます〟ということだった。

簡単にいえば、競馬へ行って2、3レース買ったとする。しかし、まったく当た

らんと。そういうときは、一緒に行ったツイているやつにおぶされということだ。

というのは、ぼくがはじめて競馬に行ったとき、素人ということもあるんだけど、全然ダメだった。腐っていたときにバッタリ会ったのが亡くなった柴田錬三郎さん。

「柴錬さん、どうですか」

ときいたら、

「さっきから三番も勝ってなあ」

といってるわけです。有馬記念のときでね。ぼくは以前に社長対談でツイているやつにおぶされということをきいていたから、

「横へいっていいですか」

といって座っていた。そして、次に柴錬さんが何を買うかをきいたら1―7の馬券を買うという。

それで、ぼくもサーッと走っていって、1―7の特券を二枚買った。そしたら、それが4000円についたんだな。この有馬記念のレースで、2000円の投資で8万円も儲けたわけです。

それから競馬がやみつきになって、一年間、競馬ばっかし。福島競馬まで行った

くらい。そのとき感じたことだけど、ツイてない日というのは、いくらやってもダメだということだった。

いまの流れに自分をまかせるべきか

これを大きく人生のことで考えてみると、確かにツイてない年というのはある。よくいう厄年というのがぼくの人生にもあった。このときは惨たんたるものだったな。四十二歳の厄年には三回も手術をしなくちゃならなかった。死ぬ直前までいって、えらい目に遭ったんです。その後にバンバンとツク年もやってきた。

ぼくの人生を振り返ってみると、確かにツイているときとツイていないときがあることは確実だと思う。人によっては、そんなことは迷信だというかもしれない。それはそれでいいだろう。

意志の強い、心構えの強い男もいるからね。しかし、ぼくみたいにあまり意志も強くない者は、今度はどうもツイてるなあと感じるときがある。

そういうときは、小説を書いていても、自分プラス自分でない力が加わって、書いているうちに、どんどんうまいインスピレーションというか、着想が生まれてきて、我ながら何かにとりつかれたみたいになる。そういう年に文学賞とか何かをもらったりする。ぼくがたいてい文学賞をもらうときはツイてる年です。

そのツイている年というのが、ぼくの場合はだいたい四年に一度ぐらいにくる。だから、純文学は四年に一度か三年に一度しか書かない。

それからツカないときというのは、そういう力が全然ない。ずいぶん勉強もし、ノートをとって書いていても、作中人物が操り人形みたいになってしまう。〝右向け右〟といったら右向くし、〝左向け左〟といったら左向くような、自分の思いどおりになる、こういう状態はいけないのです。

小説の作中人物は、自分の思いどおりにならないようになり、なにか自分以外の力が加わって、作中人物が動きはじめてきたら、小説として成功する。ツキのないときはこういうことが絶対にない。

おととしなんかぼくの人生のなかで、ツカない年の一つだった。小説のことだけじゃなくて、うちのお手伝いさんが亡くなったり、ぼくは手術を受けたり……。次から次へ、イヤなことが起こった。

このスランプ状態、ツカないとき、どうやってしのぐかは、一人ひとりの性格によると思う。強気で突破するやつ、静かに風が通り過ぎるのを待つやつ、それぞれのタイプによってちがうはずです。

たとえば〝艱難汝《かんなんなんじ》を玉にす〟なんていうようなことはしたくない男、まあ、ぼくみたいな男だな。そんなやつはツカないときあせったらいけない。被害を最小限にとどめるために、ジッと動かないことだ。前進しようとか、大きく動いてやろうかということをしてはダメ。

波風の立たない、通俗的な考え方を採用して、友達とも距離を置いてつき合う。新しく何か事を起こさないほうが被害が少ない、ということをぼくは知った。

しかし、そのとき何にもしなくていいというわけじゃない。それが済んだらチャンスがくるのです。つまり強い年が必ずくる。この強い年に5しかつかめないやつと倍の10をつかむやつがいる。

10のものをつかめるやつというのは、ツイてない年に動かないけれども、いろんなことを蓄えていたのだ。より多く蓄えていたやつが、稔《みの》りの秋に収穫量が多いのは当然でしょう。

だから、ツカない年というのは、いい年のための踏み台、というふうに考える。

人生というのは、悪いことはいいこと、いいことは悪いこと、となることがあるんです。ツカない年を踏み台にしないやつは、人生でうまくいかないのではないかな。これは人生の知恵といえる。

プラスの体験、マイナスの体験

ここではっきりいえることは、ツイていない人間というのはこの世に存在しないということだ。ツイている年を活用できないにすぎないんじゃないかな。

つまり、自分はツイていない男だと思っているやつは、ツイている年があるにもかかわらずそれを見逃しているか、ツカない年に蓄えをしていないかのどちらかです。だから、せっかくツイている年がきているのに、それを自分に活《い》かすことができない。

ツイている年というのは、人それぞれにリズムがちがうと思う。Aさんは三年ごとにくるが、Bさんは五年ごとにくる。それはだいたい決まっている。そのツキのリズムというのを二十歳代でキャッチすることですよ。いままでの人生経験から、この次はいつごろツキがくるか、わりだしておくことが大切です。

ツキのある年がきて思いきり活用できれば、社長や上役の覚えめでたく係長に抜擢されたりする。そのとき「ニューヨークへ飛んでこの仕事やってこい」というチャンスがあっても、蓄えがなく実力を発揮できなければせっかくのツキ年をのがしてしまうこともある。

人生には飛躍するときが必ずあるんです。

そのときのために蓄えておくものは知識と友人だ。だが、友人というのは、ツカない年にあまり親しくすると、善意でやったことが裏目にでてくることもある。しかし、知識だけは間違いなく吸収できる。

それからツカないことの中には、仕事の失敗のほか、肉体の失敗、つまり病気やケガになることがある。それも実にくだらないことが原因で。ひっくり返って骨を折ったり、交通事故でムチ打ちになったりね。防ぐことができないものもある。これは必ずしも不摂生のせいじゃない。

病気やケガになったら、これが利益にならないかなと思うことが必要。前にも書いたように、悪しきことはよきことということで、悪いことをどのように転化できるかを考えるとよい。

病気になったり、失敗したりしたらこれが自分の得にならないかなと考えるわけだ。たとえば、ぼくが病気で入院する。手術を受ける。そのとき、手術の様子、周りの病人をじっと観察しているわけ。これはぼくの小説にとって利益だから。物質的利益じゃなく、小説家としての利益を考えている。

病気をしたために、隣のベッドにいる人に小説を書くことをすすめられて推理作家になった人もいる。

ぼくの場合も、芝居を書くということは全然考えたことなかったけれど、同じ病院に芥川比呂志さんがいて、芝居を書くきっかけをつくってくれたんです。

もし病気してなかったら、ぼくは芝居なんか書いていなかった。病気のおかげでぼくはどれだけ得したかわからない。三年間の入院生活で……。

極端な話だけど、非常にみじめったらしいために、ある女の母性愛を刺激して、いい女房をもったという男もいる。

このように、人生には必ずマイナス状態がやってくるんだけれど、これをプラスに転化することが、ツキのないときのいちばんいい方法だといえる。

ツキのないときのしのぎ方というのは結局、ツイてないときは、ツイてるやつにおぶさること。ツキのないときには知識の蓄えが大切だということ。そして、視点を変えることで、ツキを逆手にとることを考えてみる。この三つがポイントといえます。

6 一度は自分の心に問いつめるべきこと

若い者には体力がある、美しさがある、魅力がある。しかし老いた者は、そうした体力も美しさも魅力もすべてなくなるのだ。愛されぬこと、みにくく思われること、それがどんなに寂しく、孤独なものか……。

――「足のむくまま気のむくまま」より

自分とは一体どんな存在か

人間の短所はイコール長所、長所は短所でもあるんだ、ということが、ぼくの持論です。つまり、短所の裏面は長所、長所と短所は、背中あわせになっているにすぎないのです。

〝見栄、虚栄心〟の問題も、この方式に当てはめて考えてみると、意外な結果を生むことにもなる。

普通〝見栄〟というと、見栄っぱりとか、見栄坊とかいって、ネガティブな形でとらえているでしょう。つまり自分がもっている実力以上の背のびをしたり、もっている力量や地位以上に自分を見せかけることを見栄をはるというね。これを虚栄心という。

虚栄心をあまり露骨に出さないほうがいいとはいえる。虚栄心で自分を実力以上に見せかけると、意外と他人はそれを見抜いてしまう。それにだまされるのは、よほどのお人好しかバカです。だいたいの人は、虚栄心で見せかけたことというのを見抜くから、かえって、虚栄をはっているやつをバカにするし、人間関係のうえで、信用を失うマイナス要素にもなっている。

それでは、虚栄心や見栄をもつべきではないのかというと、逆にぼくは、虚栄心や見栄をもてという説なんです。最近のはやり言葉でアイデンティティという英語がある。自分の主体性、自己同一性をさす言葉だが、これを〝自分とは何か〟という意味で使っている。

自分とは何かということをつかんでいる人間はほとんどいない。特に、自分の能力を二十歳代でつかんでいるやつはいないね。自分の資質や価値がどの程度か、ということを若い頃につかめるはずはない。また、いたらおかしいと思う。

若いということは、無限のポシビリティをもっている。ですから、そのポシビリティに賭けるならば、どんな虚栄心をもったっていい、という考え方なんです。

というのは、見栄とか虚栄心によって、人間というのは前進するということを忘れちゃいけない。もっと心理学的にいうと、人間は怒るから手を上げるんじゃない。手を上げると怒りの感情が増すということがある。これと同じことで、見栄をもつことにより、その人が前進するならば、この見栄を逆利用した方がよろしい。これは生きる上での知恵であり、処世術といってよい。

それは幼稚な、子供っぽい見栄を人に見せびらかすことではない。課長でもないのに、課長みたいなふりをしたり、あるいは、学校で一番でもないのに一番だといい回ることではない。自分に何も自慢することがないと、「オレの家は平家の子孫だ」という類の見栄ではない。こういうバカバカしい幼稚な見栄じゃなくて〝自分自身に対する見栄をもちなさい〟といいたいわけです。

自分に見栄をもつことで、目標を達成できるいい方法がある。それをこれから公開することにしよう。

裸はあまり人に見せてはいけない

その第一の方法は、毎日鏡に向かい、「オレは偉いんだ。オレは必ず会社で実力者になるんだ」ということを自分にいいきかせなさい。そのときに、自分がなりたいと思う欲求の強いものにする。たとえば、絵描きの卵なら、オレはものすごくすばらしい絵を描く。作家を志す人ならば、オレはすばらしい作品を書く。映画監督志望なら、すごい映画をこしらえる、ということを毎日、鏡に向かっていいきかせるわけ。

そして、いいきかせるだけじゃなく、それを達成したときの自分の状態を思い浮かべることです。つまり、理想の自分をイメージしなさい。これを毎日やっていれば、必ず希望どおりになる。

これは、まだ自分の実力がどれくらいあるのかわからないうちに、そうするんだから、一種の見栄にちがいない。しかし、これは他人に対する見栄ではなくて自分に対する見栄といっていい。

ぼくもひそかに実行したし、親しい人にもすすめたが、たいていうまくいっている。ただし、これは人に絶対にいったらいけないんだよ。あくまでも他人には秘密にしておくことが肝要だ。

二番目にすすめたい見栄として、次のようなものがある。

日ごろ、どんなボロッチイ格好をしていてもいいけれども、ボーナスをもらったら、自分が使える最高金額で、すばらしい洋服を作りなさい。これは、他人に対する見栄や女の子をひっかけるためにそういうことをするんじゃない。そういう服装をすると自分に対して、おのずと自信がついてくるからすすめるわけです。

自分に自信があればキョト、キョトしないですむ。人間というのはおもしろいもんで、動作がキョト、キョトしなければ、しだいにキョト、キョトしない人間になっていく。よく、昔の軍隊では「靴を足に合わせるんじゃなく、足を靴に合わせろ」といったものです。それと同じで、いい服装をすると、必ずその服装に値するような人間になる可能性がたいへん強くなっていく。これは確かなんです。

だから、借金までしろとはいわないけれど、多少の無理を覚悟して、趣味のいい洋服をこしらえなさい。自分がなりたいと思っている人間が着るような服装をこしらえ、着てみることです。

それから、少し金が余っているのであれば、ケチケチその辺のラーメン屋でメシを食わず、月に一度でもいいから、立派なレストランでゴージャスな飯を自分の金で食べなさい。これは何のためにするかというと、何かの機会に誰かと、しかるべきところへ行った場合でも、もうキョト、キョトしないですむからです。

いまの自分の生活から、かなり離れたところにあるレストランで食事をしたり、身分不相応の服装をするということは、いい意味での虚栄心といえる。これを他人に自慢したり、見せびらかしたりするのではなく、あくまでも自分のためにするのであればだが。

なぜ、それがいい意味の虚栄心かといいますと、それを経験したやつは、おのずとそういう人間にいつかなれる可能性があるからです。

これはどうしてかわからないけど、必ずなっていくんだね。魔術みたいなことだけど、かなり成功する。

もちろん、会社に行くのに最高級の英国製の洋服を着ていくというのはおかしい。

これは活動的な服装で結構だけど、そのほか一着でいいから、高級品をもっていたほうがいい。平生はラーメンやうどんを食っていても、月に一度は自分の金でゴージャスな食事をしてみなさい。

以上の話を総合していえば、自分に対して、このような見栄とか虚栄心をもつということは、ある人生の目標を達成する一つの方法だといえるのです。

あなたが誇るべき個所

なぜ、こうすると目標を達成しやすいかというと、これは一つのことに対し、精神を集中させる方法だからなんです。つまり、一種の自己催眠といえる。実際の自己催眠術をやってもかからないやつでも、こういう形でやると必ず催眠効果が現われる。それが一つのエネルギーを生むわけだ。

エネルギーで思い出したけれど、ある社長が何かをやろうと思ったときには、それが完成するまでは女に手をださないといっていた。この理由はよくわかります。というのは、女に手をだしたらエネルギーが分散されるからね。

だから虚栄心というのは、ネガティブな考えからすると滑稽であり、みっともないといえるけど、私のすすめるこの〝自分に対する見栄、虚栄心〟というのは、エネルギーを出す原動力になるということなんです。虚栄心をもたない人間なんて、この世にいないですよ。どんな聖人だって、一種の自己満足と虚栄心が心の半分を占めている。あとの半分はちがうけどね。

だから、どんな立派な行為の中にも虚栄心というのは含まれているはずだ。といって、今度は逆に、立派な行為を「これはあいつの虚栄心からきたものだ」といってけなすのは、一時代前の大正時代の小説家の考え方です。人間の心理の中には、エゴイズムがあり、所詮、人間なんてこの程度だと考えたのは大正時代の考えだ。

いまの考え方というのは、人間心理には虚栄心もあり、自己満足もあるが、それだけではない。それプラスαという存在に目を向けている。

虚栄心だけに固まっている人間は存在しないと同じように、虚栄心をまったくもたない人間も存在しない。虚栄心を捨て去ることは一生われわれにはできないでしょう。それならば、虚栄心というものを逆利用して、人生のある目標を達成するエネルギーにしてしまえ、と考えたわけです。

虚栄心という言葉はネガティブな意味で使われることが多いが、自負心というとポジティブな意味をもってくる。が、この二つに共通していえることは、ともに鼻にぶら下げてはいけないということなんです。

自負心も虚栄心も、自分に対してやったときに、いちばん有効なんで、他人に見せたら滑稽になることは同じなんだ。他人にはできるだけ見せないようにする。そのかわり、ひとりになったとき、自負心とか虚栄心を、さっきいったやり方で強調しろと。〝外ではバカづら、内では利口づら〟をモットーにすることです。

見栄をはって、自分を必要以上に賢く見せるということは、警戒心を相手に起こす。相手が警戒心をもてば、敵をつくったことになるでしょう。だから、一見、バカをよそおい、抜けたところを見せれば、人から親しまれ、人は警戒心を解く。だから、いちばん悪い見栄、虚栄心というのは他人にそれを見せることだ。ただし、これは個人対個人の場合。会社や組織のリーダーの場合は、虚栄心とか自負心を作戦として見せなくちゃならないときがあります。つまり一種のカリスマ性を部下に与えるためにね。

オレについてくれれば必ず成功するんだ、ということを、本当はそう思ってなくても、日ごろの言動に出さなくちゃいけないときがある。しかし、この演技が真剣であればあるほど、本当になる可能性が出てくる。それは、前にいった自己暗示の〝鏡〟の代わりに部下を使っているにすぎないわけです。

このように、見栄とか虚栄心というものを考える場合、ネガティブな見方をしないで、この人間の心理、欲望を積極的に逆利用してみてはどうか、といいたかったわけです。

その具体的な方法として、毎日、鏡に自分の顔を映し、目標を達成したときの自分の状況をイメージする。それから、できるだけ背のびして、高級服を作り、豪華な食事をしてみる。

この方法を実践することが、あなたの人生を豊かにし、目標を達成するのに役に立つと思うのです。

7　できるだけ苦労しないですむ生き方

どうせ人生の本質は辛く、人間は孤独なぐらい百も承知している。だからそれだけ余計に明るくたのしく振舞おうという決心を、私はこの十年間に持ちつづけ、更にその気持を強くしている。死ぬ時できればこう言いたい。「いろいろやりました。やっぱり楽しかったなァ。ではサヨウナラ」
――「足のむくまま気のむくまま」より

「あれも楽しみたい　これも楽しみたい」

ぼくの卒業した神戸の灘高という学校は、まだぼくが通っていた頃はのんびりしたものだった。この学校は講道館柔道の創始者である嘉納治五郎《かのうじごろう》という人が創った学校なんです。

校是が「自他共栄《じたきょうえい》」。自分も他人も共に栄えましょう、という意味だ。ぼくがその教育を受けたから、というのではないんだが――灘高の教育なんかに全然影響受けてないけどね、ぼくは――「自他共栄」というのは悪い言葉ではないと、最近になって、ときどき思うことがある。

自分の主張を人が何といおうと押し通したり、相手を傷つけても信念を貫き通す、というようなことは、ぼくは性格的にイヤなんだ。一つにはぼくの気弱なところにも原因している。

だけど、あなたたちの大半がぼくと同じような性格じゃないかと思う。人を傷つけてしゃにむに自分を貫くガンバリズムというのは、よほど強烈な神経のやつでなきゃできないと思うんだ。自分が正しいと思ったことをやっていたら、人が何といおうとかまわないじゃないか、ということはやさしいけど、人が全部非難していたら、不愉快にならざるをえないでしょう。

ぼくはそういうやり方というのは好きじゃないといっているわけではなくて、やりたいと思うけど、できない性格であるということを知っているわけです。

つまり強者の生き方じゃないのです、ぼくのは。だから「自他共栄」という考え方が必要になってくる。ぼくは弱虫とまではいわないけど、ごく普通の神経の持ち主と思っている。それが、強いやつがたくさんいるこの社会の中で、なんとか強いやつと肩を並べて生きるにはどうしたらいいか、ということなんです。

ぼくが実践してきたそういう方法というのは、実はあなたも明日から実行できるもっとも平易なことなんだ。そのために自分を訓練して、きびしく鍛錬しなくちゃいけないとか、強い意志を持たなければいけない、というわけではないのです。

つまり、禁欲主義というのは、ぼくは性格的に好まない。志や目的を貫徹するために、酒も飲まず、タバコも喫わず、麻雀もしない、といった禁欲主義はぼくにはできない。

もちろん、それができるという人は結構です。でもぼくは人に対しても八方美人だけど、人生にも八方美人なところがあって、あれも楽しみたい、これも楽しみたいと思っている。

人生はイヤだ、不愉快だ、つらいもんだなんて思いながら、そのくせ結構おもしろがっている。まあ、人生肯定派なんでしょうね。

だから、勉強しながら、プロ野球の試合なんかをテレビで見てるわけ。テレビだけ見て、勉強しないのも困るなと思う。といって、勉強だけして、野球の楽しみを味わえないのもつまんない。そういう男って多いんじゃないの。

できるなら楽しみながら勉強するのがいちばんだろう。そういう方法をぼくは考え、実践してきた。苦しんで勉強ばかりしてきたわけじゃないのです。つまり、遊びを勉強の妨げになるといって、切り捨てないというのがぼくの人生の生き方の根本になっているといえる。

「自他共栄」という考えも、人生や他人とのつき合い方も八方美人的にいこうというのも、人生を大いに楽しもうというところからきている。

敵をつくらないで生きていけるか

他人を傷つけたり、ケンカするより、できるなら「平和的共存」の方がいいでしょう。が、これは非常に日本人的な発想法です。外国人だったら、悪いのは切り捨てろという考え方でしょう。二者択一的な考えともいえる。

宗教でもキリスト教は、異端というものは切り捨てちゃう。が、日本ではお寺さんの中に神社があったり、近代ビルの中にお稲荷さんが祀《まつ》ってある。両方が共存している。だから、ぼくのいう人生の中でも、人間関係でも、八方美人になれ、すべてを切り捨てるな、というのは日本人的だなあと思う。

よく日本人の性格は、白黒をはっきり明らかにしない。白を切り捨てて黒という信念を貫き通す強さがない、という。だけど、これは西洋人の考え方を正しいこととしていっているような気がするわけです。

たとえば、日本人の知恵からいって、会社の社長さんというのはバランスを取る存在だという考え方をするね。重役のA氏とB氏の意見が対立している場合、社長は「A君の考え方が正しい」と断定しないで、AとBの中間のところに立ち、バランスを取るために存在する。

つまり、白黒をつけないわけです。だいたい、社長の役割がバランスをとる存在のところは成功している。

だから、「和をもって貴《とうと》しとなす」というときの「和」は、平和の意味ではなく、バランスをどうするか、ということだ。この感覚は、悪くないっていう気がしているんです。

日本には、本地垂迹説《ほんじすいじゃく》（衆生《しゅじょう》を救済するため仏が神の姿となって現われる。神仏習合のこと）があったために、宗教戦争が起きなかった。コンピューターがある近代的ビルの屋上にお稲荷さんがあって、その社長がお稲荷さんに手を合わせていたって、おかしくないと思う。外国人は不思議がるでしょうけれど。

心理学の河合隼雄《かわいはやお》先生は、日本人は「中空存在《ちゅうくうそんざい》」を重視するといっています。日本の神話やおとぎばなしを分析すると、存在しているのか、存在していないのかわからない人物が登場してくる。これが何のために存在しているのかというと、バランスをとるために必要だというんだ。

これは長いこと祖先から受け継いできた日本社会に住むための、知恵だとぼくは思う。たとえば、嫁と姑が対立しているとき、夫が中空存在になればいいのです。部下同士がケンカしている場合、上役はバランスを取るための中空存在になる方法はないかと考える。つまり、両者が傷つかないで済む方法を捜しなさい。

日本社会の中では、この中空存在になることが往々にして必要になる場合が多いのではないかな。外国の場合は、偉くなればなるほど、独裁者になったりするけど、日本では逆に、バランス感覚がなければ偉くなれないともいえる。アメリカなんかだったら、才能主義、個性主義だから、三十歳代で重役になるケースもある。が、日本の社会では、そうすると必ず敵をつくる。そして嫉妬され、蹴落される。

苦労した人間はそんなに偉いのか

いま述べたように、日本社会では人間関係のつき合い方で、最も大切にしなくてはいけないのは〝バランス〟といえるわけです。それから、人間は一生、学び続けなければいけないけど、どうせやるなら楽しみながら学ぶ方法はないか、と考えなさい。

誰もが刻苦勉励《こっくべんれい》できる強い意志をもっているとは限らない。大部分の人が自分の意志の弱さを嘆いているんです。そんな人たちにピッタリなのが、これから述べるぼく流の方法なんです。つまり、学ぶ姿勢、方法なりの視点を変えてみることです。いつも真正面から取り組もうとすると、苦痛だらけになっちゃうから。

まず、ぼくの体験をお話ししようか。昔、手術をして左腕が自由に動かないときがあった。病院の先生は、

「筋肉が固まって手が動かんようになるから、体操をやりなさい」という。アメリカの病院なんか、すぐにキャッチボールをさせるぐらいスパルタ方式をやるそうです。

それで、一遍やってみたんだが、痛くてすぐやめてしまった。一か月たって、先生が「遠藤さん、あんたは全然、体操に出てこないから、まだ腕が上がらんでしょう。上げてごらんなさい」というんだ。

やってみると、実にスムーズに上がるわけ。「あれ、どうしたの」ときくから、「ええ、毎日、左手で花札をやってました」。病院の大部屋の連中を相手に、毎日花札をやって左腕を動かしていたんだ。だから、別に体操をやらなくても訓練になっていたわけ。

だから、何かやるとき、これを楽しみながら覚える方法はないか？　というふうにすぐ頭を働かすことです。一生懸命に真面目に努力することだけが方法ではない。

あるとき、医者が、

「遠藤さん、あんたは車ばかり乗ってて、歩かないのはいかん。足腰が弱くなるから歩きなさい」

といって、万歩計を渡された。時計みたいなものをつけて、とことこ歩くわけ。全然おもしろくないのだ。そこで、楽しめて、足の訓練になることはないか？　と考える。その方法が社交ダンスというわけです。

ぼくぐらいの年齢で、公然と若い娘を抱けて、しかも足の訓練になる。こんな楽しいことはないでしょう。

また、ダークダックスの四人を見ていると、いつまでたっても若いのね。慶応大学でぼくより四、五級下だけのはずなのに、若い格好してもおかしくない。その秘訣は何だろうと思って、いろいろきいたら深呼吸だという。大きな声で歌っていると、必然的に深呼吸している。よし、それではぼくもコーラスグループを作ろう、ということで、コール・パパスという素人の中年合唱団をつくったわけです。

ぼく流の生きる知恵とは、こういう形になっている。あんまり悲壮ぶったり、血を吐く思いでやるというのは、自分の性に合わない。できるだけ労力を使わないで、学ぶ方法ともいえる。

血を吐く思いで物事をやり遂げる、というのは意志の訓練だろう。ぼくは意志の訓練をしようとはあまり思わない。意志の訓練ではなく、楽しみながら物事を学ぶことだってあるんだから。

高校生や大学生が、語学の勉強を必死になってやっているでしょう。ぼくは仏文科だけど、これを勉強していると、どこが胸突き八丁かといったら、動詞の変化。

これをスポッと飛ばしちゃうのだ。動詞の原形だけ覚えたら、すぐにやさしい推理小説かエロ本を読むといい。

筋がおもしろいから、辞書片手にどんどん読む。いつの間にか、動詞の変化というのが赤ん坊が覚えるみたいに頭に入っちゃう。そうしたら、今度は改めて文法の動詞の変化を学ぶ。あとはまとまりをつけるだけだから、楽なもんですよ。

必死で無味乾燥した単語を覚えるというのは、それなりに立派だ。だけど、ぼくの方法は多少時間がかかるけど、楽しみながらできるんだから……。

努力と精進を重ねて学ぶという姿勢を、ぼくは否定するつもりはない。そういう人は自分なりの人生観をもってやっているんだから。だけど、大半の人たちは、自分の意志の弱さを嘆いている弱者です。そういう人間が、強者と伍して生きていく知恵、方法だってあるんだということを知ってもらいたい。

8　ひとりの自分とどうつき合っていくか

――何とつまらないぼくの人生であるか――しかし、ぼくには確信がある。人生はそれ程単純ではない。今ぼくを支えているものが、波紋のように変化する。影と光がたゆらぐ。もしその影と光とのたわむれをしっかり凝視しておくならば、ぼくは逃さぬであろう。

――「作家の日記」より

あなたは何を待っているのか

いまの若い連中はどんどん外国へ行くようになってきているようだ。ぼくも年に一、二回は外国に行くようにしているが、パリやロンドンの日本人観光客は年々ふえている。でも、こうした観光都市ばかりでなく、地球上のどんな辺境なところに行っても、日本の青年を見かける。

だいぶ以前の話になるけど、ぼくがポルトガルの田舎の田舎を旅行していたとき、汽車に乗っていると、そこでリュックサックを背負った一人の日本人青年に出くわしたことがある。

また、あるときはメキシコのインディアンを訪ね、そこの安宿に泊まっていたら隣室から日本語が聞こえてくる。おやっ、と思って部屋をのぞくと、日本人の青年が二人泊まっているんだよね。彼らにいろいろ話をきいてみると、一年がかりで世界を回っているというんだ。旅費はどうしているのかと聞くと、途中でアルバイトをしながら食いつないでいく、といっていた。

中近東のガリラヤ湖へ行ったときも、そこで漁師をしている若者に会った。こういう青年たちを見ていると、日本の若者も頼もしく思えてくる。

なぜか？　彼らは「旅行」ではなく、「旅」をしているからです。海外に行くにしてもツアーに入って、通り一遍の観光をし、記念写真を撮ったら終わり。いわばレールの敷いてある安全体制の中で、行って帰ってくるのを旅行というんです。

が、旅というのは、自分ですべてを開拓することなんです。見も知らぬ土地、はじめて出会った人たちによって、触発される一つの人生経験をさす。旅行というのは生活経験にすぎない。旅と旅行とはこのようにはっきりとしたちがいがある。

当然、若い人には旅行でなく、旅をしろといいます。若いときでないと、旅はできないものだから。なぜかというと、旅というのはある程度の体力がいるんだ。そして、それに伴う気力も。ときには、ひもじい思いもするだろう。肉体的苦痛にも耐えなくちゃならない。そういうことができるのは何といっても若い頃なんだから。

齢とったら、老妻と一緒に旅行でもするのはいいけど、若いときには思いきった旅をしなさい。

若いときに旅をしろ、と勧めるもう一つの理由は、感受性の問題があるからです。二十歳代で外国に行くのと三十歳を越えてから行くのとでは、驚き、感動がまるっきりちがう。三十歳も後半になると、他人の眼鏡を通して学んだ外国に対する固定観念みたいなものができ上がっている。そのイメージに合わせて外国を見てしまうんだ。

それにひきかえ二十歳代の若者は、知識も見識もなく、矛盾だらけだけれど、自分の眼だけをたよりにして、その土地、人間を見てくる。それが旅のいちばんいいところで、これができるのは、まだ感受性の新鮮なころだと思う。

〝死にたくなるような辛い思い〟

ぼくがいちばんはじめに旅行とちがう旅をしたのも、やっぱり二十歳代です。昭和二十五年の戦後初の留学生としてフランスに行った。当時は船旅で、横浜――マルセイユ間を三十五日かかって行ったもんです。戦争中の四年間は海外に出るのはまったく遮断されていたから、幕末や明治はじめの留学生と同じようなもんなんだ。日本は戦争犯罪国ですから、まだ向こうに領事館も大使館もない頃です。

それだけに、見るもの聞くもの新鮮で驚き混乱した。その旅は確かに苦しかった。金が乏しいので四等の船客に押し込められて、中国、東南アジアの難民の人たちと一緒に、船底でザコ寝しながら一か月近くも船に乗って行ったんです。

船旅だから、いろいろな港に寄って行く。マニラに着いた時なんか、戦後はじめて日本人が来たというんでフィリピンの人たちが激昂して、「人ゴロシー、人ゴロシー」といっていた。カタコトの日本語でね。戦時中、日本軍がマニラでめちゃくちゃやったからだ。ぼくも含めて四人の日本人留学生が、マニラの真夏に、三日間、船底の荷物の間に隠れてじっとしていた。

もう死ぬみたいな思いだった。そういう経験をしながら行ったことは、精神的にも肉体的にも苦しかったけど、「これが旅だ」という充実感があった。

ぼくはその時まで、大学の研究室に残るつもりだったが、その三十五日の旅で、大学に残って勉強するということが急にばかばかしくなった。それで、小説家になろうという気になったんです。大きな人生の転機になったということだよ。

いまみたいに、情報が発達していなかったから、パリに着くと極東の端から来たぼくたちは、トンチンカンなことばかりやっていた。たとえば、街中を女の人が野球のバットみたいなものをぶら下げて歩いている。びっくりして「これは何ですか」ときいたら「パンです」という。つまり、フランスパンがあんな形をしているとは知らなかったわけです。

それから、いまの人たちは語学の勉強機関が発達していて、しゃべることがうまい人がたくさんいるけど、ぼくたちの頃は、読むことは何とかできたけど、会話には苦労した。お定まりの外国人の先生がいなかったからね。だから、フランスの大学の講義を受けることができるまで、一年ほどかかりました。

それで、会話の勉強のために、フランスの家庭に下宿したり、アルバイトでサラ洗いもやったりした。それから、農家に割り当てられて、牛の乳しぼりもやった。もっともぼくのことだから、親方があまりにぼくが不器用なもんでびっくりして、たちまちクビになったりしたけどね。

でも、三十年たったいまでも、雇われていた農家、ぼくを預かってくれた家庭とはクリスマスカードをとり交わしています。

最近、非常にうれしいことがあったんです。当時、ぼくはリヨン大学にかよっていたんだが、この時のクラスメートからこの間、手紙がきたわけ。というのは、フランスで訳されたぼくの小説の書評が向こうの新聞に出たからだ。それを読んだ昔のクラスメートの女子学生から、ひょっとしたら、この小説家は私の知っているエンドーではないか、という問い合わせの手紙をもらったのです。

手紙には当時のなつかしいエピソードが書かれていた。すでに結婚し、おばあちゃんになっているだろう昔の女子大生に返事を書いた。「あんたの知っているエンドーです。キミのことも覚えている」と。

五年ほど前にもリヨン大学のクラスメートが日本に来るというんで、空港に迎えに行ったんだが、なかなか現われない。一生懸命に探していたら、ひとりキョロキョロしているハゲチョビンがいるんだ。もしもと思ってそばへ寄ったら、彼なんだ。二人とも、三十年前の髪がふさふさしていたイメージで探し合っていたわけ。お互い、髪が薄くなっていることも知らないで。

トランクに何をつめたらよいか

前述したように、大使館も頼るべき日本人もほとんどいないフランスで、安全体制の生活はできるはずもない。何でも自分で調べなくちゃいけないし、歩き回らなくてはならない。実はこの経験が自分にある自信を植えつけることになったんです。

それは何かといったら、どんなことがあっても、どんなところへ行っても、ぼくは食えるという自信です。これは、いまでも牢固《ろうこ》として抜きがたい信念だな。この自信を若いころに持つことは、すごい支えになるんだよ。

それから、パスポートをなくしたり、病気になったって、絶体絶命のピンチを迎えても、何とか切り抜けたもんです。そういう「危うし、鞍馬天狗」の経験がいくつもあって、それを誰の力も借りないで単独で切り抜けられたという自信は大きい。

だから、一年でも半年間でも旅をしたいと思う人は、便利な観光都市よりも、もっと辺境の地、しんどい所へ行きなさい。ただ、相手に迷惑をかけないで帰ってくることが大切。〝旅の恥はかき捨て〟というのは下策だ。上策というのは、相手に迷惑をかけないで、独力で困難を切り抜けて日本に戻ってくることです。そのとき、あなたは一人前の大人になった証《あかし》ができる。

よく若い連中にいうんだが、だいたい一年間の外国旅行というのは、ぼくの経験でいうと、三年間の大学生活を送ったくらいの知識量に匹敵する。ぼくは絵なんかに興味はなかったけど、外国へ行ってはじめて絵画に興味をもち、建築に関心を抱いたもんだ。日本へ帰ってきたら、それについて本を読む。実際に目で見たあとだから実感をもって読めるし、血肉化する。

ヨーロッパに旅する人に勧めたいのは、はじめからすぐにロンドン、パリに行くなということです。最初にイスラエルに行き次にギリシャに寄る。それからイタリアへ入ると、見る目が全然ちがってくるはず。つまり、ヘブライズムとヘレニズム（ギリシャ、ローマ文化）を形成した二つの思想の土地を見て、それからイタリアへ入ると、現在のヨーロッパを理解しやすい。

テルアビブとアテネの両都市に寄ることだけで、ずいぶんと眼鏡をもらっていける。すぐにパリやローマに行かない方がいい。

それから、年齢とともに旅の仕方もちがってくる。はじめは広くてもいいけど、だんだん目的をしぼっていった方がいい。たとえば、二度、三度と京都へ行った人なら、次からは目的を小っちゃくしていった方がおもしろいでしょう。

つまり、四度目の京都旅行なら、平安時代の京都だけ集中的に見て、ほかのものは見ないという形で行くと収穫がある。平安時代も鎌倉、江戸時代も見ようとすると、頭はもう雑炊のごった煮みたいに混乱して、学生の修学旅行みたいになっちゃう。だから、一点集中攻撃の旅をした方が、勉強になるということです。

最後につけ加えると、旅行するやつと旅をするやつとでは、もっていくトランクの中身がちがうんだな。旅行するやつは、こっちからいい洋服、靴を持っていこうとする。自分の持っている一張羅《いっちょうら》を必ずトランクに入れるんだ。

が、旅をしようとするやつは、シャツとジーンズ、下着だけを各々、二、三枚ずつ持って飛行機に乗っちゃう。必要なら向こうで買えばいいという気持ちなんだ。だから、旅行と旅ではトランクの中身にちがいがある。

その人の心が形に表われているということです。できたら、あなたも荷物を軽くし、人生経験をたくさん積み込んだ〝旅〟をしてみないか。

9 表《おもて》の顔　裏の顔　もう一つの顔

人生において我々は他人という鏡に自分のさまざまな顔をうつして歩く。A氏という鏡には私は好ましい男とうつり、B氏という鏡にはイヤな奴というイメージがうつるかもしれない。こうしたさまざまな他人という鏡にうつった私のイメージの集大成が、この人生での私の姿になるのである。だがそれは本当の私だろうか。本人にも本当に自分について知らぬ部分がある。他人という鏡にうつった自分は、本当の私ではないと誰もが叫びたくなるにちがいない。

――「鏡をみると」より

レッテルをはがされるとき

誰でもそうだけど、社会の中で生きていくには、ある種のお面をかぶっているんじゃないのかな。学校の先生は教師であるというお面をかぶり、女優さんなら素顔のほかにやっぱり一歩外へ出ると女優という仮面をかぶってニコッと笑う。

仮面といっても、何も人を騙《だま》したり、欺《あざむ》いたりするためにかぶるマスクのことじゃない。人それぞれに、その職業の面《ツラ》というのをもたなくちゃならない。そのことをいっているわけ。

たとえば、ぼくは『トーク・アンド・トーク』というインタビュー番組をやっていたけど、インタビューするときは喜怒哀楽の表情がすぐ顔に出てしまう。ゲストが不愉快だとすぐ顔色に出ちゃう。ぼくの修行の足りなさもあるんだけど。感動すると顔も紅潮し、頭を下げたいような人だと、おのずと言葉遣いまで改まってくる。だけど、これがプロのアナウンサーになると、一様に喜怒哀楽の表情のパターンが決まってきて、いわゆるNHK的な面になるでしょう。まあ、ぼくの場合はアマチュアなんだから、顔色が変わるというのも一つの表現だと思っていたけど。

このように、人が職業をもち、社会的な生活に適応するためには、おのずとお面をかぶるようになる。それをユングという精神医学者は「ペルソナ」といっている。それだけでは本当の自分ではないと。本当の自分は別なところにあるというのだ。

ここにたいへん謹厳実直な大学の先生がいるとしよう。自他ともに真面目だと思っている。彼が女が服を脱いだりする夢を見たりする。自分の実生活とはまったくちがう夢を見るということは当然あり得るでしょう。これは単なる夢というより、意識が抑圧しているものが、夢の中に現われてくるというわけです。フロイド以後、解明された深層心理というやつだ。

つまり、無意識なうちに抑圧されたものが夢の中に現われる。これはわれわれが社会生活を営むためにかぶっている仮面のせいともいえる。ペルソナは意識的なもの。このペルソナと無意識な自己とが合わさったものが、本当の自分であって、そのどちらかに比重をかけると、だんだんそこにひずみが生じて無理がくる。これが極端になると抑鬱《よくうつ》症になったり、ノイローゼになったりするわけです。

仮面ということで、われわれがもう一つ考えなくちゃいけないのは、いまの世の中、いろんな顔をもつ傾向にあるということだ。いろんな事に熱中して、その都度、パッパッと職業をかえるのをモラトリアム人間だなんていうでしょう。

小此木啓吾《おこのぎけいご》先生が「モラトリアム人間」の本を出している。モラトリアム、つまり猶予人間というか凍結人間というか、本当の自分を見出していない人間だといっている。一種の現代病みたいな形でいわれる。

しかし、人間にはいろんな要素があってしかるべきだとぼくは思う。ずいぶん長い間、人間は一つの要素を一つの顔にして生きていくことを強いられた時代があったんです。

最近、人間というのはべつに一つの顔をもたなくたっていいんじゃないかということが、若い連中の中に徐々にわかってきたんじゃないだろうか。

つまり、一つの顔だけに満足するほど、人間は単純なものではないと思うわけです。われわれが人間を判別する場合、「あいつは正直な人間」「あいつは仕事に忠実な人間」というレッテルをはると、とてもつき合いやすいし、こっちが安心感をもてる。ちょうど、お医者さんが、内科、外科、歯科とわかれているから、安心して病院に行けるのと同じように、こちらも周りの人にレッテルをはる。

だけど、そう単純に割り切れるだろうか。

いまの若者の中には、自分とか自分の生き方をそんなに単純化したくないという考え方がでてきていると思う。仕事なんかをどんどん変え、「モラトリアム人間であろう」という意識が少しずつ芽ばえてきたんじゃないだろうか。

どっちが本当の自分かを問うとき

なぜこんなことを考えるかというと、実はぼくも「モラトリアム人間」だからです。職業は何かといわれれば小説家と答えるが、ぼくは「劇団樹座《きざ》」の座長でもある。役者をやっているときは本当の役者のつもりでやるわけ。六十人の小さな組織だけれど、それでも座長だから、その運営や金のことを商売人として考える。そのほか、テレビのホスト役にもなるわけです。

作家としても純文学を書く顔とユーモア小説、狐狸庵物を書く顔がぼくにはあるんです。『沈黙』書いている遠藤周作がなんで「ぐうたら物」書くんだといわれる。ぼくを「ジキル博士とハイド氏」みたいだと思って、講演会のときに質問する人がいる。

「先生、分裂しているのとちがいますか」とか「先生はどっちが本当の先生ですか」なんてきく。こんな質問の根底には、なんか一つの顔でなきゃ信用できない、という発想がある。

ぼくはそういう人にいうのよ。「君のお父さん、会社で勤務している顔と晩飯食ったり、酒飲んだりするときの顔と同じですか」ってね。当然、同じ人格をもつお父さんにはちがいないでしょう。

ぼくも『沈黙』などを書いているときは、自分ひとりのことしか考えないから、クソ真面目な顔するけど、「ぐうたら物」を書いているときは読者のことを意識するから別の顔をする。それは、お父さんが昼間の顔と夕べの顔を使い分けるのと同じことだ。

自分の要素の中にみんなと一緒に仲良くしたい、みんなとコミュニケーションしたいという顔がある。それが「ぐうたら物」を書かせたり、「樹座」をやらせ、あるいは社交ダンスをやらせる。それとは別に、ひとりで書斎に閉じこもって、自分ひとりの問題にかかずり合っている顔とがある。

こういう顔がいくらあってもいっこうに差し支えないし、たくさんの顔があることが、生きていけることだと思うんです。

いままでの日本社会の考え方に従えば、一つの顔を朝から晩までもっていないと間違っている人だとか、おかしな人だとかいわれる。

よく新聞記事に「高校教師にあるまじき行為」というのがある。高校の先生たちが、たとえばポルノ映画を見にいったりする。それをPTAが知ったら、怒りはしないだろうが、やっぱり「教師にあるまじき行為」と思うだろうね。

しかしだよ、先生だって人間だ。そりゃ、生徒にいたずらしたりするのは、約束違反だからすべきではないけれども、ポルノ映画に行ったって特に悪いことじゃないと思うんだ。だから、先生が学校にいるときの顔と学校を出たときの顔が同じであることを求めるし、別な顔を見出すと、日本の社会では怒るね。

逆に学生だって、仮面をかぶる。つまり、学校の先生から見ていい生徒、世間から見ていい学生という、理想的なペルソナがあるでしょう。それに近づくことが真面目な学生といわれている。

このように、一つのレッテル、一つの顔であるべきだとするのが、日本の傾向といえる。でも、これは人間を非常に単純化する考えだと思うんだ。ぼくなんか、むしろ二つの顔が自分の中にあって、そのAの顔とBの顔が対立し、相互に引き合う緊張というのが、生きる充実感になっているときがある。

いまの若い人は、一つの職業、仕事に縛られたりすることを嫌う。これは、一つの生き方に限定されたり、一つの顔をもたなくてはいけないということに対する、無意識な恐れだと思う。

しかし、生き方や生活の上では、一つの顔の方が楽な場合がある、一つの仮面をつけて押し通した方が……。だけど、精神医学がわれわれに新しいことを教えてくれた。つまり、社会生活を営む上で、一つの仮面だけをつけていると、何かを抑圧することになるんだ、と。変な夢を見たり、時には精神的な病気になったりする。

ユングやエリクソンなどの本が、日本人によく読まれているのは、なぜかというと、素顔とは何だろう、自分のいまもっている顔は本当ではないんじゃないのか、という疑問から出ていると思う。だから、いろんな顔をもつことを恐れるなといいたい。

生活をしていくうえでは一つの顔をもたざるを得ないでしょう。しかし、人生の中ではいろんな顔をもちなさい。それは、生きることを豊かにしますよ。

いろんな顔をもっていた方がかえって、充実するんだ。若いうちから簡単に自己規制するより、モラトリアム人間といわれてもいいじゃないか。モラトリアム人間であることによって、たくさんの顔をもてるんなら、それにこしたことはない。

仮面を脱いで飛び込もうとするとき

ぼくなんか本当にモラトリアム人間よ、典型的な。職業は作家だといっているけれど、それがすべてだと思ってないからね。仕事はぼくの一部分にすぎない。仕事のためにぼくは生きているんではなく、ぼくのために仕事があるだけにすぎないんです。

たった一度しかない人生なんだ。社会の規約に従って、この人は作家、この人は医者、この人はサラリーマンというふうに、一つの顔だけで生きてたまるかという気持ちは誰だってあると思う。

普通の人の生活を考えてみたって、家へ帰ったら夫、子供の前では父、会社へ出たら男という顔をもっているわけだ。その場で各々の顔をして。それ以外に、たくさんの顔をもっていることは恥じることじゃないと思う。

また、人がいろんな顔をもっていることで、あいつは仮面をつけているとか、あいつは掴みどころのない人間だという考え方はやめろと。それは自分を単純化しているにすぎないのではないかかな。

でも、だんだん、無意識のうちに自己規制することを恐れてきた時代になったと思う。会社員でも小説書いたり、一流のスポーツ選手だったりするんだから。昔は冒険家であり、銀行員であって、小説家ということはありえなかった。日本ではなかなか許してもらえなかったから。

考えてみれば、若い人の特権というのは、むしろ、失敗を恐れずにいろんな顔をもつということになるんじゃないかな。ぼくみたいな年寄りが、いろんな顔をもっているんだから、若いときから一つの仮面だけで生きるやつは淋しいと思う。

かつて、ぼくの先生で奥野信太郎という有名な大学教授がおられた。この先生がテレビばっかり出られたので、中国文学者の仲間から軽蔑されたんだよ。大学教授にあるまじき行為ということでね。その時、ぼくは何でいけないのかと思った。これが、テレビに出て研究がおろそかになったとか、研究論文を出さなくなったら、軽蔑も当然といえるかもしれない。だけど、奥野先生はその間もりっぱな学問的業績を残している。

むしろ、他の大学教授は、テレビにさえ出られない自分の才能の不足を嘆くべきじゃないのかな。日本では、学者のくせにテレビに出ているといって、自分の学問的業績は棚に上げて、人を非難する傾向が確かにあった。

このように、一つの顔、一つのテーマで、人間を判定したり、規定しなければ日本の社会は不安なんだろう。学生がサラリーマンになると、急に白いワイシャツを着る。こいつは忠実だ、真面目だ、勤勉だという色が白いワイシャツなんだ。でも、そんなことありっこないとみんな思っている。

青色のワイシャツ着ようが、黄色だろうが、仕事をやりゃいいんじゃないかと。青色を着たら、なぜ不真面目なのか、という疑問はもっているわけです。だけど、それが口に出せない。いまの社会通念がそれを規定している。勤務時には白を着ろというふうに。

しかし、組織というのは規定しなければ成立しないところもある。それから、すべての人間が白のワイシャツであることで、ある種の共同体意識をもたせるという魂胆があるのかもしれない。でも、少しずつアメリカナイズされ、変化してきているとは思いますが……。

社会生活を営む上でのお面、職業的なお面をかぶるというのは、ウソの自分かというと、決してそんなことはないのです。つまり、これが自己だということだ。しかし自分じゃない。自己と自分とは区別すべきものだ。

自己というのは自分の一部分である。

つまり、自分は自己を含んだ大きな全体的な意味なんです。だから、意識的に仮面をかぶっている自分を否定してはいけない。しかし全部の自分でないことも確かだ。仮面をかぶっている自己とは、自分の一部分であると考えたらいいのだ。

このことを誤ったらいけない。これは本当の自分じゃないといって、職業を捨てたりするのはバカのすること。

職業という一つの顔だけに、自分を限定しないで、ほかの自分を生かしていこう、というのがぼくの考え方なんです。

作家というのはぼくの本当の自己じゃないなんて思ったことはないけど、でもこれは自分のほんの一部分にすぎない。生きていくためには、その残りの部分の自分を大切にしようといいたいわけ。それが、いろいろな顔をもてということに通じると思うのだ。

才能という面からいえば、自分のもっているものが、一つに限定されるとは限らない。「樹座」という素人劇団をやっていてわかるんだが、彼らはいろんな職業をもっているけど、本当の意味で俳優の才能をもっているやつがいる。ただ、そいつの人生の偶然が、歯医者を選ばせたり、絨毯《じゅうたん》屋を選ばせただけなんだ。俳優になっていたら、すごい喜劇役者としての才能をもっていて、売れっ子間違いなしというのがいるわけです。

惜しいことに、彼の偶然性、環境が別なお面をかぶせてしまった。だが、彼はそうした埋もれた才能や無意識な欲求を「樹座」に参加することで、消化してるんです。

こういうことを考えると、いかに人間というのは単純に規定できないかということがよくわかります。

10 あなたは何に生きてみたいか

人間はみんなが、美しくて強い存在だとは限らないよ。生まれつき臆病な人もいる。弱い性格の者もいる。メソメソした心の持主もいる……けれどもね、そんな弱い、臆病な男が自分の弱さを背負いながら、一生懸命美しく生きようとするのは立派だよ。

――「おバカさん」より

あなたが一つの人生にめぐり会うとき

ぼくの本業は小説家。だけども、いろんなことをして遊んでいる。社交ダンスの稽古に行っているし、俳画も習っているし、自分でクラシックの音楽会を主催したり、コーラスグループもやっている。その中で、いちばんたくさんの人間が参加しているのが素人劇団の「樹座《きざ》」です。

まぁ、素人劇団としては、日本でいちばん大きいだろう。十年前の公演のときは、劇団員も少なく、新宿の小っちゃな劇場でやっていたが、今年、十周年を迎え帝国劇場で公演した。三月二日の一日だけだったけど、切符はもう奪い合うように売れたものだ。

十年前は「樹座」といったって、誰も知らなかったけど、いまは入社試験にもでている。「樹座」を知らなかったら、大手の会社には入れんよ！

当然、素人劇団なんでみんな勤めがある。サラリーマン、ＯＬ、家庭の主婦、それぞれに仕事がある人たちです。それで、ぼくはこういう標語を団員のみんなにいった。

「生活の中に人生を！」と。生活と人生とはちがう。家庭や会社はあなたたちの生活の場。「樹座」はあなたの人生だと。

人間の心の中には、誰でも舞台を踏みたいという気持ちがある。そんなこというと、恥ずかしいとか柄じゃないというけど、舞台に立つことで、他人になってみたいという願望は誰でもあるんじゃないかな。

毎日、会社に行って上役に怒られているやつ、台所でたくあんをトントン切っている主婦がひとたび、舞台に立てば、ベルサイユ宮殿を背景に王妃になったり、伯爵に変身することができるのだ。

しかも、あなたのいつも着ている洋服とちがって、まったく時代の離れた衣装を着て舞台に立たせ、万雷《ばんらい》のお客さんの拍手を受けさして上げましょう、というのが「樹座」のそもそもの発想だ。

そのために、ぼくらもお金がないから、だいたい三千円ぐらい舞台の出演料としていただく。そうでないと舞台が借りられないから。今度の帝国劇場だけは十周年だから、もうちょっとお金がかかった。約二万円ぐらい。だけど、今回の出し物はミュージカルだから、演出家もダンスもちゃんとした専門家に二週間習った。二万円じゃ習えないですよ、ほんとうは。

この二週間、みんな会社が終わると、いそいそと稽古場にやってくる。一生懸命に稽古する。その間、充実感があって、みんなうれしくて、うれしくてしようがない。公演当日が近づくと胸がドキドキしてきます。そして、当日、自分が夢にも考えなかった帝国劇場の舞台へライトを浴びて出てくると、二週間、稽古したことをすっかり忘れて、せりふもどこかへ飛んで、舞台の上で棒立ちになってしまう。お客さんは大喜び。

だけどこれでいいんです。みんなが好きなこと楽しんでいれば……。われわれはアマチュアなんだから。そして、芝居がハネた後がぼくはいちばんうれしい。出演した人たちが、お化粧を落として、どこかの店を借り切ってお別れパーティをやる。みんな、こんなに楽しかったことはなかったので、来年もやらせてくれというけど、来年はこの楽しみをほかの人たちに分けてあげましょうよ、といって、また別の人を募集する。だから、劇団員は毎年、毎年変わる。

今年は帝国劇場なので百五十人採用した。全部で五百人ぐらいの応募がきました。しかし百五十人しか採れないから、三百五十人の方はお断りせざるをえなかったけど。

その資格は、アマチュアであること。高校生はダメ。稽古で夜遅くなっても送っていけないから。次に、ご主人の許可のない奥さんもご遠慮願う。ご主人がどなり込んできたらたいへんだ。同じ理由で、両親の許可のない娘さんもお断りする。

それから、東京から遠隔地の人もダメだ。九州の長崎で応募された方は、東京に親戚の方がいて、そこに宿をとっている。そういう方だったら入っていただく。

今年の出し物は、ぼくの原作『王妃マリー・アントワネット』を自分で脚本を書いてやることにしました。マリー・アントワネット。みんな主役にしてやりたいから、この役は八人。その恋人のフェルセン役も五、六人いる。ベルサイユ宮殿でいちばん美男子だったこのフェルセン伯爵に七十歳のじいさんもいる。あとのフェルセンもみんな四十五歳以上のおっさんを抜擢している。そのおっさん連中が、生まれてはじめて社交ダンスを帝劇の舞台で踊るわけです。そのために、二週間は特訓につぐ特訓となる。

応募した人のなかに医者がいれば、その人は入れておく。その人たちが注射器を用意しているんです。もし、七十歳の老人が舞台で気持ちが悪くなったり、血圧が上がって倒れたらたいへんだから。いままでそういうことなかったけど、血圧の心配までしてやっている劇団も珍しいだろう。

あなたにとってもっとも大切な生き方

なぜ、こんなバカバカしいことやるか、といったら、いまの社会ではみんなが鋳型にはめられているからなんです。公務員、銀行員、会社員……、誰もが一つのパターンの中で生きなくちゃいけない。でも、だんだん苦しくなって一匹狼になりたいという欲望をもつ。が、一匹狼になったらまた苦労しなければいけないというので、それを抑えて我慢している人がゴマンといると思う。

それを、やれ酒だ、麻雀だといって解消する気持ちはわからないでもない。けれど、自分とちがう他人にもなれるのだ。それが素人芝居です。それから歌。これがいちばんいい解消法なんです。

いままでは、いい齢をしたお父さんやお母さんが歌ったり、踊ったりするとバカにしていた。ぼくがコール・パパスという合唱団を作ったら、公演の日に団員の一人が、うちの娘には黙って出てきたという。なぜかといったら以前、中学生の娘が泣いて「恥ずかしいから、合唱団なんかで歌わないで」といったというんだ。家庭では気むずかしい顔しているオヤジが、ダンスをしたり、歌をうたってたりするとみっともないと思うらしい。

けれども、アメリカへ行くと、男の老人コーラスなんていくらでもあるでしょう。家族が手を叩いて聴いています。かく申すぼくも、芝居なんかやっていると、先輩から呼ばれて、お説教食ったものです。「お前、軽薄なことするな」って。だから、日本の社会の中では、ある年齢になっても芝居やったり、合唱団でうたっていると、えらくそれを制約するような気分がある。不真面目だとか、軽薄だとかいって……。

ぼくにいわせれば、芝居やるのとゴルフやるのと、そうちがいはないと思うんだけど。学校でも授業のあとにはクラブ活動があるでしょう。向こうはゴルフ部で、こっちは演劇部だと思っている。授業をサボっているというなら問題だけど、ぼくは授業、つまり仕事の方もちゃんとやっているつもりだし、あとは自分の趣味として、芝居をやったり、社交ダンスをやったりする。

舞台に出て楽しむのに、齢も経験も関係ない。うちの劇団にはおばあちゃんと孫が出ていますよ。そういう家庭はとっても仲良くいっている。だから、親子で共演できるような「樹座」、親子で舞台に出るような家庭というものがあってもいいと思う。

コール・パパスでオヤジが歌っているとき、息子が照明係をやっていた。ああいうのがとっても素敵だなと思う。

あなた方の欲求不満やうさ晴しに、舞台は格好のところです。堂々と他人を演じられるんだから。「樹座」というのはそんじょそこらの小っちゃな劇団ではなく、海外公演だってやるんだから。一昨年はニューヨークでやったし、いま、ハワイからも来てくれといわれている。ロンドン、ローマでも公演する計画もある。ロンドン、ローマを見物しながら芝居をする。しかも、渡航費は別として、わずか一万円ぐらいの金でできる。

胸をときめかせる体験

ぼくがこういうことをするっていうのは、作家というイメージだけに納まりたくないからです。もちろん、自分の人生の本質的なものは小説家。そのほかに、役者であってもも歌手であってもいい。が、ぼくは役者の天分、才能はないです。でも、役者の天分がないやつが役者の真似をしたらいけないということは絶対にない。歌手の才能がないやつが歌ったらいけないというのもないしね。

だから、演劇に歌に自分は才能がない、天分がないからといって、それを自分の生き方の中からシャットアウトするのは損だと思う。下手くそ、天分のないやつだけで集まって劇団をこしらえたり、合唱団を作ればいいじゃないですか。

そうしたら、劣等感なんて感じませんよ。ぼくのやってるコール・パパスなんて、下手くその方が偉そうな顔してるくらいだ。歌のうまいやつは採用試験で、「失礼ですが、あなたは、お上手ですから」といって落第だからね。ソロで歌うところは、だいたい下手なやつがやることになっている。そういうシステムにすれば、劣等観念なんか、みんな笑いながら解消できるじゃないか。

素人芝居の連中が、帝劇の舞台に立つなんて、もうたいへんな緊張です。まず、はじめは逆上します。ぼくなんか十回もやっているけど、出演時間が迫ってくると、やっぱり熱くなって胸がドキドキする。この緊張がまたえもいわれぬ良さだ。それで失敗したから上役に叱られることもないしどやされもしない。うちの劇団では「あんた、頑張ってたね」って、みんなに笑われるぐらいです。ドキドキするけど楽しいから充実感がある。

これは年一回のお祭と同じ気分だよ。昔はお祭のほかになんの娯楽もなかった。だから祭は随分と充実した遊びだった。いまは、街中にたくさんの娯楽があるでしょう。でも、心が震えるような楽しみはないでしょう。

人間というのは、人生の中で一年に一度お祭をこしらえる必要があるんです。文化人類学の学者たちもいってるけど、生活の中にお祭をこしらえることが、人生というものなんです。

「樹座」の年一回の公演というのは、やっている人たちにとってはお祭だと思う。二週間のお祭の準備をして、まる一日、お祭に参加する。その夜、飲めや歌えの大騒ぎをしてサヨナラといって別れる。ある者は、大阪へ、ある人は長崎へと帰っていく。昨日まで全然知らなかった人たちと充実した時を過し、それぞれの思い出を作って、生活の場に帰っていく。

演劇っていうのは、総合芸術的な面があるので、こういう素人芝居をやりながらでも自分の隠れた才能を見いだすこともある。生活のために、サラリーマンやっているけど、絵や音楽、ダンスの才能をもっている人たちがたくさんいる。

ただ、専門家になるための技術を磨いてないから、ほかの道で食っている。「樹座」にくると、役者だけとは、限らない。絵の好きな人は舞台装置をやり、音楽が趣味の人は音楽を担当すればいい。

劇団というのは、役者だけでなく、いろんな各自の持っている才能がとけ合っているところなんです。特に、生まれてはじめて踊りを練習して、二週間ぐらいで先生がびっくりするぐらい才能を発揮する人もいる。そういう自分の隠れた能力を見いだすことも可能だ。

だから、ちょっと工夫をすると、パターン化してしまった生活の中に穴をあけ、そこから風を通すことはいくらでもあるということを知ってほしい。

それにはみんながやらないことをやった方がいい。一人がオートバイで遊ぶと、誰もがオートバイに乗るというのではつまらない。自分の趣味に合った遊びを考えることです。芝居だって、コーラスだってなんでもいい。要は、精神を緊張させ、あなたの人生を充実する時をもつことが必要なんです。

11 あなたの中の〝弱虫〟と仲良く暮らす方法

ぐうたらでも人生の集積というものは何処かにあるようだ。他人をそれほど不幸にもしなかったかわりに、だれをも幸福にしないぐうたらな集積をつみかさねているうちに、理屈でなく、心で、人間のいじらしさ、生きることの哀しさは、凡人は凡人並みにだんだん、わかってきたような気がする。

――「ぐうたら生活入門」より

自分に見つめられる自分

旅行をしたり、山登りなんかしたとき、「あれ、この風景はどこかで見たぞ」という経験はありませんか？　よく考えてみると、以前、夢の中で見た景色と同じだったりして、ビックリしたりする。

われわれはときとして、将来に起こりうること、未来に見るであろう風景とかを、夢の中で見ることがあるんです。こんな夢についての話を心理学的な実験をもとに報告した本を読んだことがある。その著者はイギリスのある心理学者で、昔、ぼくがフランスに留学していたとき、仏語で読んだ記憶がある。

彼は、自分の見た夢を記録しておくといいといっています。ぼくらはよく夢を見ているけれど、朝方になるとケロッとその内容は忘れてしまうもんだ。実際、夢を覚えておくことはむずかしい。

そこで、枕元に手帖もしくはノートを置いておいて、夢を見て目がさめた瞬間、これを書き込む習慣をつけていると、イメージも固定化しやすくなり、覚えるようになる。これをずっと続けていると、先ほどいったように、夢で見た光景と同じものを現実に見るようになったりする。

つまり、人間の視、聴、嗅、味、触の五感のほかに第六感というものがあって、その六感が夢の中で働くのである、という説をこの心理学者は出しているんです。これは占師やオカルトめいた話ではなく、実験報告なんだから。

それからはぼくも、おもしろがってずっと覚えている夢を日記みたいにして書いた。そうすると、意外なことに、夢の中の光景を実際に見たわけです。

八ヶ岳の赤岳という山を登ったときのことだった。雪渓のところをぼくが歩いていた。まわりがカラ松林でね。そうしたら向こうから男の人が二人やってきて、すれちがった。アッと思いました。以前、夢の中で同じ場面に出会っているんだ。景色も男の人も同じなんだ。そのときはびっくりした。ああ、こんな不思議なことが本当にあるんだと。

従来までだと、夢というものは自分の過去にあった記憶からかもし出される、とされていた。たとえば、A君に対して不愉快に思う事件があったとすると、二、三日してから、そのA君が穴に落ちた夢を見る。夢の中で、いい気味だと思ったというのは、以前にA君に対して不愉快な気持ちを持ったことの表われであるという解釈が一つある。

二番目はフロイド式に、夢の中に出てくる、とんがったもの、硬いもの、棒状のものはすべて男性器を表わし、靴、箱とかいうものは女性器を表わす。すべての行動、たとえば、階段を上がったり下がったりするのも性行為の表われだとする。これが有名なリビドー（人間の根元的欲望をさし、フロイドは特に性欲を強調した）だ。

夢の内容をすべて性的なものに還元し、そこから自分の意思で抑圧している性衝動を解明しようとした。まあ、単純にいえばそうなる。このフロイドの説はあまりにも有名でしょう。

正直いうと、このフロイドの説——夢の中身は性的なものの象徴である——という考え方は、ほんまかいな？　という気がしていた。そのうち、フロイド以降の精神分析学者たちが、必ずしも夢は性的なものだけではないと主張するようになってきた。

つまり、夢にはもっといろんな要素があって、バカにすることができないということがわかってきた。というのは、いまみたいな未来のある光景なりを、人間の第六感が先回りして見ていた。未来に出会う人、風景を見るということがたびたびあり得ることは、ぼくの体験からも明らかだ。これは一種の「遊魂」現象といえるかもしれない。ぼくからぼくの魂が脱けだし、八ヶ岳を生身のぼくより先に登ったんですから。

だけど、夢は未来を予言する、というところまで話を広げちゃうとウソになる。そこまでユメに託しちゃいけないけれど。

上半身の自分、下半身の自分

何でこんな話をしだしたかというと、あなたがたは、寝苦しい季節になると夢をたくさん見るでしょう。ああ、夢見たといって、起き出してビール一杯飲むのも結構だけど、たかが「夢」だって、人間の根元にせまる内容がある。夢について興味をもてば、フロイドやユングを読むことにもなるでしょう。夏といえばスリラーやオカルトだけじゃなくて、夢について考えるキッカケも話したいと思ったわけです。だから、前にも書いたユングという人の本を読んでみたらどうだろう。寝転んで読むにはおもしろい本です。自伝の翻訳なんかも出ている。

なぜ、おもしろいかというと、ユングは夢というものを非常に大事にし、夢をとおして、われわれの気づかなかった点をたくさん教えてくれるからです。

それによると、われわれには意識している世界と無意識の世界がある。この無意識の世界が〝夢〟に出てくる。

意識している状態というのは、自分の本当の素顔を見せたくないということです。前のところでお話しした仮面、ペルソナだ。誰でも多かれ、少なかれ仮面をかぶっているわけでしょう。ここでは、自分に対しても、他人に対しても、意識的にウソをついている。すべてをウソで塗り固めているわけではないけれど。

その裏面にあるのが、自分でさえ気づかない面、自分でさえ意識しない自分というものがある。ユングは、ヘソから上に出ているもの、意識している自分を「自我」といった。ヘソから下（これはべつにセックスとは関係ない）を「無意識」といい、その「無意識」と「自我」とが合わさって「本当の自分」を形作っていると解釈している。

円を描いてみればわかるでしょう。真ん中を区切って、上が日常生活、社会生活を営んでいる「自我」。下半分が「無意識」の世界。無意識はどういうときに表われるかといえば、たばこをふかしているときとか、耳の穴をかいているときとか、鼻くそをほじくっているときなどに無意識が出る。しかし、いちばん多く出るのが〝夢〟です。

自他ともに真面目人間だと認めている男が、夢の中でストリップを見に行く。普段はそういう所に行きたくない、と自分にいいきかせながら、エロチックな夢など見たりする。

これは、平常、抑えているものが「無意識」の世界に出てくるわけで、夢を見ることによって、彼は精神のバランスをとっているんです。日常生活ではできないことを夢で見るから、分裂症になったり、気違いになったりしないですむわけだ。だから、われわれの夢というのは、どんなにいやらしい夢を見たって、いや、それが日常生活と反対の夢であればあるほど、決して恥ずかしいことではない。むしろ、それを見ることで、人格が破壊しないですんでいるんです。

人間にはA面のほかにB面があるわけ。日常生活ではA面しか出せないが、B面は夢を見ることによって解放され、翌日、自分の精神衛生が均衡を保っていることになっているわけです。

他人に奪われたくない自分

さて、ユングの夢の話をもう一歩つっこんだところから見てみよう。彼は精神分析医だったから、いろんな患者に会った。そうすると、いろんな人の夢の中に、ある共通するイメージを見出した。その共通点というのは、夢の中に出てくる、おじいさん、あるいは少年、月、大地、母といったものがあるということがわかったんです。

その共通したものは、人により、国がちがうことによって、具体的な形はちがうのだが、イメージが共通している。

これを「元型」とよんだ。人間には、自分の育った環境、自分の性格以外に、長い間の人間の歴史から受け継がれた先祖相伝の「元型」意識がある、というのだ。

さらに不思議なことには、世界各国の神話を調べてみると、夢に出てくる「元型」と同じイメージのものが出てくることがわかった。神話と夢とには、大きな相似があるということが。

その事例についていえば、ユング派の学者の河合先生が、登校拒否の少年を診察された話を読んだことがある。

その少年は「深い沼の中に吸い込まれていくような夢」をよく見るという。もがけばもがくほど、吸い込まれ、出られなくなってしまう沼の夢を見るわけ。この沼というのはお母さん。つまり「元型」です。お母さんが「学校へ行け、勉強しろ」という。お母さんが自分を愛してくれていることは、とてもよくわかるけど、自分を拘束してしまう。その結果、身動きがとれなくなったということを、沼という形で夢に見るわけだ。

この少年の場合、お母さんが沼の形となって表われるが、一般的に、母親というものは、子供を非常に愛してくれているけれども、同時に、独占して抱きしめ、他人にとられまいとするコワいところがある。

それは、いまにはじまったことじゃなくて、昔から自分の子供かわいさのあまり子供を食ってしまう「鬼子母神《きしもじん》」というのがある。われわれの祖先のイメージの中にも、母親というものは、子供を愛し、独占したいために、子供をとって食うというすごさがある。それが「鬼子母神」という伝説にある。このように、神話と夢との間にも、こういう密接な関係があるわけです。

実は、男と女の間にも、この「元型」が横たわっている。それは、男にとって、女とはこうあるべきものだという理想的な女性像が根底に共通してある。その女性像を「アニマ」といい、女にとって、男の理想像を「アニムス」と、ユングは名付けています。

つまり、どんな男にも、女に対する元型的なイメージがあるというのです。実際の姿、形なりは環境によってちがうでしょうが、その元型というものを終生、男も女も持っているわけです。

われわれが恋愛をするときは、ほんとうはその女にほれているんじゃなくて、アニマにその人をオーバーラップさせてるのだということがわかった。ところが、結婚したり、同棲生活をしてみると、元型のアニマのイメージと生身の女性とが離れていくわけです。それですぐに、別れるかといったら、そうじゃなくて、この元型がいつも心にあるから、時々、これに接触するようなことがあると、やっぱり「元型」だということになって、別れない。

このように、夢にちょっとした好奇心を持つことによって、恋愛についても、遠い昔話だと思っていた神話についても興味を持つことができる。また、自分はなぜ夢を見るのかと考えていけば、意識している自分のほかに、隠れた無意識の自分を発見することにもつながってくる。

だから、山や海に行ったり、テニスをやったりするほかに、夢について興味を持ってみなさい。そうすれば、新しい勉強をすることができる。これこそ生きた学問とちがうかな。ぼくはこのような勉強の仕方が好きだ。

12　二枚目を愛した不幸　三枚目を愛した幸せ

ぼくが一番好きな言葉に、ジャン・コクトーがカトリックになる前に神父に訊いたことがある。「おれは阿片吸ってるし、女と寝るし、その上、同性愛だし、これからどうしたらいいだろうか」と。そうしたら、神父が笑って「そのままで生きたらいいじゃないか。きみは神様を問題にしなくても、神さまはきみを問題にしているよ」と答えた。

――「対談　救いと文学と」より

心の底を打ち明けようとするとき

ぼくらの子どもの頃は、真面目なやつというのは、だいたい笑わないやつということに相場が決まっていた。ムッとした顔して、いわゆるクソ真面目な顔で、あまりしゃべらないやつを真面目といっていたものです。

しゃべると男らしくない、軽薄だという。黙っていると、物事を深く考えていると断定されたわけだ。この無口というのは真面目さの一つの条件であったし、男らしいことでもあったんです。

このように、その人が真面目かそうでないかを判断するのに、ムッとした顔して、無口なやつが真面目、ペラペラしゃべる男は軽薄だと思われる傾向が、日本では非常に強い。

これは〝ユーモア〟とか〝笑い〟について偏狭な誤解がいろいろあるからだと思う。いちばん単純なのが、ユーモアというのは軽薄なことだと解釈する。次に軽薄ということからいって、ユーモアは真面目なことではないという考え方が出てくる。

しかし、長い間、ぼくはこのような判断方法にたいへん疑問をもっていた。そこでこの真面目さということに主眼を置いて、ユーモアと笑いについて考えてみたい。

たとえば、ユーモアを創る人、ユーモアを演ずる人、ユーモアな小説を書く人などを考えてみると、いまでもランクが一つ下にみられている。昔ほどではないにしてもね。ユーモア文学というと、日本文学の中では、ちょっとランクが低くなるでしょう。イギリスなんかでは、たいへん高度な文学とされているけれど、日本では、一段ランクが低いというイメージがある。

そうではないと、理屈ではいっていますが、感覚からいって、なかなかそれを許容しない。これは、子どもの頃、年寄によく「人様の前で歯を見せるもんじゃない」といわれたが、そういう感覚と似ている。つまり、人前で男はやたら歯を見せて笑うべきではないし、ましてや、人を笑わすような言動はいけないというわけ。日本人のユーモア感覚というのは、依然としてこんなもんなんです。

ところが、ユーモアを含めた笑いというのは、そんなに単純なものじゃない。一口に笑いといっても、微笑、哄笑、苦笑、泣き笑いなど、様々な笑いの種類がある。つまり笑いというのは、人間のいろいろな感情の表現であるということです。

動物はけっして笑わない。人間だけが笑う。ガキの頃、ぼくがすべってころんだら、飼っていた犬がそれを見て笑いよったことがあったんだ。犬がぼくをせせら笑ったわけです。それを動物学者にいったら、いや、絶対に犬は笑わんといっていた。馬がハハンと笑うとき、あれは笑っているように見えるけど、本当は笑ってるのとちがうんだって。

だから、動物学者のいうことが本当とするなら、〝笑い〟という行為は人間だけの非常に高度な感情表現だし、文化的所産であるということがこれでわかる。

笑いが文化的所産であることに目をつけ、笑いの表現は批評精神の産物というようないい方が近代になってはやってくる。

これはアンドレ・モーロアという人が定義づけたもので、ユーモアとエスプリのちがいを次のようにいっている。つまり、エスプリというのは、高いところからグサッと人を批評することであり、ユーモアの精神というのは、下の方から批評することだという。ヒットラーを批評するには、下の方から批評する。ヒットラーに支配されている人間がヒットラーの真似をして、お客を笑わす。それがヒットラーに対する批評になっている。チャップリンの『独裁者』なんていうのは、この典型といえる。

だから、下から権力者、力ある者を批評するのがユーモアというものだ、とアンドレ・モーロアはいう。

このユーモアとは別に、近代的な笑いの解釈の中には、自分に対する批評であるとする場合がある。たとえば、われわれがあることに絶望したとき、それが泣くんじゃなくて、かえって笑いになったりする。人間のいろいろな醜悪さというものを描いて、それで自分を含めてあまりに人間は陋劣《ろうれつ》であり、愚劣なんで、つい笑ってしまう。ゴーゴリの作品なんかがそうですね。

それから微笑にしたって、その中にはいろいろな意味合いをもっている。自分の心の中で思っている、感じていることが、いくら話しても相手には伝わらない、わからんというときがあるでしょう。そうしたら、その人にいくら説明したって、どうにも自分の気持ち、心の底がわかってもらえないというとき、最後のコミュニケーションとして、その人にもう微笑するよりしようがない。もう微笑だけして、ほかのコミュニケーションをしないという、そういう諦めに似た微笑だってありますね。

こうした笑いについての理解がなければ、アルカイック・スマイルといわれる、モナリザの謎めいた微笑の意味はわからない。ああいう笑いの奥底を解こうとしたら、人間の意識や無意識のいろんな複雑なものをくみとらないと、あのモナリザの微笑なんてわからないだろう。仏像の微笑だってわからないと思う。

だから、笑いの本質が高度な精神活動の産物であるとするなら、人を笑わせるということは、人間関係にとって大切な要素といえるのではないだろうか。

女の前でムッとした顔をする男

マルセール・パニョールというフランスの劇作家が、『笑いについて』という本を書いている。このパニョールの定義によると、笑いとは優越感の表現であるといいます。

たとえば、バナナの皮が落ちていて、それを誰かが踏んでスッテンコロリンところんだ。それを目の前で見て笑うというのは、オレならばあんなバナナの皮を踏んでひっくり返らないという意識が働き、その人に優越感をその瞬間感じる。これが笑いという表現になると定義している。

だから、舞台で藤山寛美が演じるアホウが出てきてお客を笑わすというのは、私ならあんなドジはしないという気持ち、優越感が笑いを誘うということになる。

しかし、パニョールの解釈には一種類の笑いしか説明されていない。苦笑とか泣き笑いということを忘れている。優越感ではなく、劣等感でも人間は笑いを浮かべることもあるでしょう。みじめな自分を自分で笑うという、複雑な感情だってある。

こういうさまざまな定義をずっと見てくると、歪んだ形でしか人間の笑いをとらえていない気がする。相手を批評するためのものであるとか、優越感だとか、あるいは自分を含めた人間の陋劣さに対する苦笑だとか、そういう形で、つまりマイナス面でしか笑いを解釈していない。

ぼくは、いまいったような形でユーモア文学を書こうという気はなかった。たとえば、ゴーゴリみたいなものを書いてみようという気持ちはなかったんです。

笑いということについて興味を持ちはじめ、考えたことは、ぼくが他人に笑顔で接するときは、そいつとコミュニケーションしたいという意思の表われだと判断した。それは何も偽善的なものじゃなく、本当にそいつとつき合ってみたいと思って顔がほころぶ。きれいな女の子といるときはムッとしているけど、本心は笑っている。ムッとした顔をするのは恥ずかしかったり、テレたりするからで、心は笑って近づいているわけだ。

ぼくの笑いについての定義は、近代的なマイナスのネガティブな解釈とはちがって、プラス要素を含んだポジティブな笑いもあるんじゃないかということなんです。つまり笑いというのは、自分の孤独さから抜け出し、相手とコミュニケートする方法だと気づいたわけだ。

相手への笑顔、逆に相手が笑顔をもってこたえてくれることは、仲良くしようじゃないか、といって笑っているわけだから、コミュニケートの方法としての笑いをぼくは考えたんです。

コミュニケートできるということは、つまり開かれたユーモアだ。ネガティブな笑いは閉ざされているが、これは開かれている。自分としては笑いとは開かれたユーモアとして定義づけたいと思っている。

喜劇役者になるか悲劇役者になるか

笑いというものが開かれたもので、人と人とを結ぶコミュニケーションの一手段となるならば、人を笑わしたりすることは、けっして不真面目とか軽薄なことではないのではないか。むしろ、「オレはお前らとはつき合わない」という意思表示みたいな、ムッとした顔をする人のほうが、むしろ人間として不真面目といえるのではないのか。

まじめとは真の面目と書く、他人との関係を断ち切ったような閉ざされた顔をすることが、本当の面目だろうか。それとも、他人と手を握ってコミュニケートする方が本当の面目か、と問われたら、ぼくは後者の方を選ぶ。

というのは、人間という字は人と人との間と書く。他者がなくては人間は成立しないでしょう。他者を閉じてしまい、孤立した顔をすることがどうして真面目といえるのか。

だから、小さいときわれわれが受けた教育で、人を笑わすことは不真面目で軽薄なことであるという考えは、ぼくにはなくなってしまった。

それと同時に思うことは、ユーモアのセンスが日本人の感情の中で、もうちょっと重きをなしてもいいのではないのかということです。

日本人は笑いの少ない人種とよくいうが、ぼくはちがうと思う。江戸時代の滑稽本なんか、本当に爆笑するようなものがあります。

それから、民俗学者の柳田国男先生がいっている「烏《お》滸《こ》話《ばなし》」（烏滸はバカ話）がある。村の人たちが集まって、長い労働のあと、バカ話をしてみんなで楽しむというのが烏滸話。これは、生命の解放感をもう一度取り戻したいという考えだ。そういったことが伝統的にあるんです。

ただ、一部の武士階級の教育が、それを引き継いだ明治時代に浸透して、真面目の定義ができ上がった。それはむやみに笑わないこと、笑ったらいけないということになってしまった。これが笑いに不当な価値を与え、日本人の人間観における、歪みを生んでしまったと思う。

イギリス人は、第二次世界大戦のとき、「食糧は不足、物資はない苦しい生活に国民は陥っている。しかし、われわれにはユーモアがある」といった。ユーモアという武器によって、困難を超えられるのだという有名な話があります。

こういうユーモア感覚が日本人には足らない。結婚式に出てみればわかるでしょう。花婿の上司がスピーチすれば、会社での優秀さをほめたり、自分の会社の自慢。とってつけたようにみんなを笑わそうとすると、実にこれが下手くそなんだな。それから花嫁の学校の先生やクラスメートは、いかに花嫁が心やさしく、お菓子のつくり方がうまかった、なんてことをいうけど、これもお客はしらけた顔をしてるだけ。

司会の青年というのがまたユーモアがまるでないのね。「ぼくにもきれいな花嫁を紹介してください」とかいって笑わそうとするけど、お客はあくびを噛みころしているだけだ。

外国人に比べて、ぼくらが訓練を受けてないと思うのは、やっぱり笑いについて不当な扱いをしてきた報いだな。これからの若い人たちは、すべてにインターナショナルになる必要はないけど、笑い、ユーモアについてだけはインターナショナルになってほしいと思います。笑わすことは、決して悪いことじゃないんだし、日本人が笑わないからといって、外国人が日本人は偉いだなんて思わない。

でも最近の若いやつは、ユーモア感覚ができてきたね。ぼくはそれはとっても喜ぶべき現象だと思う。ただ、その笑いの質が問題。笑いにもいろんなグレードがあるんだけれど、テレビの『ザ・マンザイ』なんかを見ると、まだグレードの低いところで笑わしているね。

ああいう笑いというのは、だいたい三年ぐらいであきちゃう。ネタもつきちゃうだろうから、もうちょっと別の笑いがほしいなと思うと、やっぱりグレードを高くしていかなきゃいけない。お客があきてくるから、漫才師たちもグレードの高い笑わし方を勉強していくと思います。

最初から小学生に高等数学を教えたってしようがない。いまの笑いのレベルはやっと掛算ぐらいのところまでいっている程度じゃないかな。

これから、だんだん笑いのグレードも高くなってくる。笑いに対する感覚、理解が深まれば、人とコミュニケートするとき、どんなに笑いが大事なものであるかということが、わかってくると思う。

13 その人と自分とどちらが大切になるか

苦しいのは体のことじゃなくってよ。二年間のあいだにあたしはやっとわかったわ。苦しいのは……誰からも愛されぬことに耐えることよ。

――「私が・棄てた・女」より

愛に傷つく男心と女心

「女の心を傷つけないで別れる」。あなたがたに、そんな経験がありますか？ 昔から日本には女を傷つけないということをもって、理想的な男性とするような何かがあったと思う。そこで、女性とのつき合い方のさまざまなケースを考えてみたい。

文芸評論家の山本健吉さんが、長いことある雑誌に連載していた『いのちとかたち』という本が、この間出版された。日本人について考察しているのだけれど、たいへん興味深いもので、ぼくも愛読していました。

その中に、大和魂《やまと》とか大和心について触れた文章がある。戦争中に国粋主義の人たちがそれを愛国精神みたいに曲解して、ぼくたちに教えたけれど、本当の大和心というのは、山本健吉さんの説によると、たとえば『源氏物語』の光源氏が、その具現者《ぐげん》らしい。

当時の理想的な男性というのが光源氏であって、彼こそ大和心の具現者だという。大和心には、いろんな条件があるのだが、その中の一項目に「女を傷つけないで別れる」という条項が入っているんだ。

ぼくは、それを山本さんの本を読んではじめて知ったわけだけど、女を傷つけないことが、大和心をもった男のあり方だというのは卓見《たつけん》だと思いました。

この大和心は後に引き継がれて、江戸時代に「通人《つうじん》」という言葉を生んだ。ふつう通人というと、女の遊び方を知っているとか女の情に通じている、なんていう低次元の解釈があるけれど、本当の通人というのは、人間の心理に通じて、粋に振る舞うから通人となるんです。

たとえば、自分の贔屓《ひいき》の遊女が、若い男と相思相愛の仲になるとする。そうすると、自分は齢をとっているからといって、すっと身をひいてやる。そして、その遊女を遊廓から請《う》け出してやって、若い男と連れそわすような人情に通じているやつを、通人といったんです。

つまり、決して女をいじめたり、傷つけたりしない。だから、平安時代の大和心、江戸時代の通人というのは、いずれも男の理想像という一面をもっている。

ぼくが山本さんの本を読みながら、ふと思い出したのは〝カザノバ〟です。西洋では〝ドンファン〟に対抗するものとしてカザノバを必ず例にとります。『カザノバ回想録』なんかもある。彼はたくさんの女性と遊んだけれども、カザノバの特徴というのは、女を傷つけなかったことにある。

一方、ドンファンもたくさんの女を誘惑し遊んだが、その女性たちはみんな心を傷つけられ、ドンファンを怨んだ。なぜかというと、ドンファンの心の中には理想的な女性がいて、その理想の女性を求めて、女から女へ遍歴するが、どの女も理想の女性ではないというわけで捨てていくわけ。そして、次々と理想の女性の幻を追っていくのがドンファンと西洋人はいっている。

ドンファンというのは神話的人物で、実在の人物じゃない。もともとスペインの物語で、それからイタリアのオペラに登場する人物です。モーツァルトの『ドン・ジュアン』なんかがそうだ。

いずれにしても、ドンファンというのは、物語の上では、そういう理想女性の幻を追う人物だから、捨てられた女は自分が彼の理想像以下だというわけで、ひどく自尊心を傷つけられるんじゃないかな。

別れた女の幻を追う男

ドンファンはこのように女性の「質」を追っていくが、カザノバは「量」といえる。極端ないい方をすれば、どんな女にでも興味をもつ。べつに理想の女性の幻を追っているというような深刻なことではなくて、その時々を女と楽しく過ごしていく。別れた女は、その楽しい思い出をカザノバに対してもっているので、べつに憎まない。傷ついたりしないわけです。

そして、カザノバは宿屋の娘さんや酒場の女にでもアタックする。それから、おぼこ娘。おぼこ娘なんて男を知らないもんだし、恋に恋をしているようなもんだから、すぐ落ちるだろう。このように誰にでも手を出すのがカザノバのやり方。

逆に、ドンファンというのは誘惑のむずかしい女を目がける。たとえば、貴族の女みたいに、いろんな男とつき合っている相手は、男心をたいへんよく心得ているから、なかなか誘惑しがたい。が、ドンファンはそういう女を陥落させていくわけです。

ではいったい光源氏というのは、カザノバ型かドンファン型かというと、これがむずかしい。光源氏は理想の女性、つまり母の面影を求めてさまようわけでしょう。その間に、いろんな女性との体験を重ねていく。しかも、人情に通じていて、女を傷つけたりしない〝大和心〟をもっていたわけです。

外国でいう誘惑者、色好みというと、必ずカザノバ、ドンファンの二人を対比させて考えるけれど、日本の考え方というのは本質的にちがうような気がする。

つまり、光源氏もカザノバ的に、次から次と女性を変えていくのだけれど、その根底には、ドンファンのような理想の女性を胸にいだいている。

だが、別れに際しては女心を傷つけないという大和心の具現者、理想の男性として表現されているんです。

しかし、光源氏もカザノバ、ドンファンも一流の誘惑者といえるが、いまでいうなら、東京の六本木、赤坂、原宿なんかを夜中にうろうろしている連中は誘惑者じゃないと思う。

あれは無礼ボーイ《プレイ》であって誘惑者ではない。というのは、誘惑者というのは、たいへんむずかしいことなんです。それをぼくは三十歳を過ぎた頃、少し本など読みはじめて知ったわけなんだ。実はぼくも無礼ボーイのほうだったよ。昔は。

そこで、いまの若い人たちには本当の誘惑者のことを書いた本を読んでもらいたい。ラクロという人の『危険な関係』という本があります。それからいまわしいとされているサド公爵。こういった人たちというのは十八世紀のドンファンなんです。ラクロの『危険な関係』を例にとると、この人たちはリベルタン（自由者）と当時呼ばれていたんだけれども、女を誘惑するためには、非常に自分の感覚を訓練しなければいけない。これは一種の戦いであるという考えをもっていた。

どういうことかというと、彼らが相手にするのは、男を手玉にとるような貴族の婦人が多い。男の心理をパッとつかんで、切り返されることが往々にしてある。いまの自分の言葉や表情によって、相手がどんな気持ちになったかを、瞬間的に次々と読みとっていく、心理的かけ引きがたいへん巧みなご婦人がたを相手にするわけ。そういう海千山千《うみせんやません》のレディーを相手にする場合、男は喜怒哀楽の表情がストレートに目や顔に出ちゃいけないわけです。たとえば、向こうはこちらに嫉妬の情をもたせて、気持ちをかき乱そうとする。その時、嫉妬の表情が顔に表われないように相手に対抗しなくちゃならないだろう。だから、感覚、心の訓練が必要となってくる。

はっきりいったら、相手の人間の心理、心の動きを洞察しなければ、誘惑者になれなかった。これは日本的な意味でない、西欧スタイルの〝通人〟だ。

だから、むずかしい女、陥落しにくいレディーばかりをどんどん自分のものとするるのを誘惑者というんです。

無礼ボーイというのは、カザノバ的なところがあるけれど、六本木、青山なんかを歩いている女の子のそばに、自動車でスーッと来て、「ドライブでもしませんか」「暇ですか」と声をかけるのは、誘惑者じゃないと思う。

だから、どうせやるならぼくらの世代とちがった無礼ボーイではなく、本当の誘惑者になってみなさいといいたい。そのためには、感覚の訓練はもちろんのこと、人間の心理に通じてなくちゃならんというわけです。

しかも、日本人なら光源氏のように、相手の女性を傷つけないように別れなければならない。これは男として、ものすごい修行、訓練になると思う。

吉行淳之介氏は、自分の人生修行は赤線《あかせん》だったといっていた。六本木だって、青山、赤坂の巷でも、やり方によっては、ずい分と修練の場所になるかもしれないよ。

「その人が大事だから別れよう」

つまり、カッコいい自動車《クルマ》なんか使わないでカザノバみたいな誘惑者になれるのだったら、これは尊敬に値する。しかし、大砲をもって、雀を撃つというのは、誰でもできるんだ。そんな方法だと、相手を傷つけないで別れるなんていうことは不可能にちかい。

無礼ボーイにとって、いちばん簡単な女の捨て方、別れ方はすぐわかる。つまり、女から嫌われるようにすればいいのだ。女の方から男を捨てるようにしむける。そうすれば、女性の自尊心は傷つかなくてすむわけです。

たとえば、突然、下品になってみるというのも一つの手だ。メシを食うとき、わざと音を立てたり、指を口の中へ突っ込んでみたり、鼻クソをほじくったりするわけ。こんなことしていれば、だんだん、その男に幻滅し、イヤになってくる。

また、酒を飲んでいるとき、わざとコップを倒してみたり、粗暴なところを見せたりすると、向こうの方から離れて、男を避けるようになるはずだ。

しかし、これは無礼ボーイのこざかしい知恵なんです。女と別れるとき、いちばんいい方法は女から捨てられることである、というのはよく本にも書いてある。

だが、本当に人間に通じていて、もっと女を大事にするのであれば、ちがった別れ方、離れ方ができると思います。それをぼくがいうといけないのだ。これは宿題ということで、編集部の方に手紙を寄こしなさい。

ラクロなど読んで、自分で考えてみる。または、自分で実演してみて、次の項目に回答してほしい。

1、私はこんなみじめったらしい武器で、最高の女性を獲得した(クルマ、金といった武器を使わずに攻略すること)。

2、無礼ボーイのやり方ではなく、相手を傷つけないで別れることができた人がいるならば、報告してほしい。

以上の一項目でもよいから、自分が体験したことを手紙で報告しなさい。ただし、自分で創作してもいい。そのときのかけ引き、心理の動きを、ぼくが読んでなるほどと納得がいったならば、実践でなくともかまわない。

しかし、無礼ボーイじゃなく、あくまで誘惑者として、振る舞うことが必要だよ。

14 人生を狂わせてしまう一瞬の時

モーツァルトにもベートーベンにも、ある寂しさがあるのだ、ということがわかる人が、音楽がわかるとする。それなら、自分の人生の一つのソロの裏にあるような哀しみの音楽を奏でられなければ、その人は人生を軽蔑した奴だ、とぼくは思う。

――「対談　救いと文学と」より

計算違いをしてしまった男

「男というのは、いざというときに怒らなくちゃいけない」とよくいうでしょう。しかし、ぼくの第一原則というのは、自分の性格に合わないことはやるな、っていうことなんです。

たとえば、怒ったあとでくよくよするやつがいる。カッとなって、ものすごく勇ましいと思って怒って、そのあとくよくよ考えこむというのは、精神衛生に悪いから、そういう性格の人は、ムヤミに怒らない方がいい。

会社などで、不当な侮辱を受けることがあると思うんだ。そして男は怒る。「辞めさせていただきます」といって、飛びだす人もいるはずだ。これが独身だったらいいけど、妻子があった場合、怒れないじゃないか、と思って我慢する人と、怒って辞めちゃう人がいる。怒ったやつは、妻と子を路頭に迷わせてしまうことになる。

ではどうするか？

まず、怒るためには準備がいる。

会社に入っても「オレは怒るべきときには怒ろう。そういう人生を生きよう」という人はいると思う。しかし、怒るというのは、けんかをするということだ。けんかはすなわち個人的な戦争でしょう。戦争するには、ちゃんと兵力を蓄え、攻撃を仕掛けるときのタイミング、敗れた場合の処置を考えないといけない。これを考えなかったのが旧日本軍だ。

では、会社に入って、辞表をたたきつけて飛び出るっていうのは、はっきりいったら、敗れることを意味するんじゃないか。つまり玉砕《ぎょくさい》っていうことです。それでもいいという人は、会社を辞めたあとの準備をしておかなくちゃいけない。一人ならいいけど、女房、子供たちが食っていけることも考えなければいけないし。だから、若いうちから、資本がいらないで当分食っていける技術をちゃんと習得しておく必要があるということです。

それには、たとえば極端ないい方をすると、散髪を勉強しておけというんだ。これは、外国へ行ったときにも通用する技術です。いざ食えなくなったら散髪屋をする。バリカン一丁、ハサミ一丁だけだ。この技術を持っていたら、それほど資本がいらないでしょう。だから、上役とけんかして会社を辞めても、とにかく食うことはできる。

アメリカみたいに、すぐ辞めて次の会社に移っていくというシステムが日本にはない。日本では辞めていく度に、格が落ちていくから。だから、辞めたくないという気持ちが一般の若者の中にある。

再就職の面接で、「どうして前の会社を辞めたのか」ときかれます。そのとき「実は上役とけんかしまして……」という理由は、いちばん嫌われる。これは、日本には〝場の倫理〟というのがあって、場に合わないやつは村八分にされるからです。大事なことは共同体の中のスムーズな人間関係なんだ。だから、一つの組織のはみ出し者は、どこに行っても村八分にされるというような性格をもっていると判断される。

つまり、これが日本人の社会に対する考え方で、アメリカなんかと全然ちがう点です。日本では組織の中で、怒ったり、けんかするには、その後の処置を考えておかないと怒れないのだ。計算のない怒り方をするやつはアホだというわけです。

女どもにわかってたまるか

怒るという行為は、あくまである効果を狙わなければいけないのです。自分にハクがつくと同時に、相手に対する効果を計算しておかなくてはね。つまり、怒ったために、こいつはなめたら恐いやつだと思うか、思わないか。これは相手による。

こっちが怒ったらよけい憎んでくるやつ。仕返しをしようとするやつ。陰険にいじめてかかるやつ。こんなアホなやつがいるでしょう。だから、怒るためには相手の性格を知らなければいけない。

それから、戦場を選ばなくてはならない。同僚たちのいる前で、上司とやり合うのがいいのかどうか。その場合、同僚たちはこれから自分をどのようにみるか、ということの計算がなければいけない。

部下をしかる場合、みんなの面前で怒るよりもそっと注意を与えた方が効果があるという。これと同じで上司に向かって怒るとき、上司を物陰に呼んでいうか、それとも、周りにパッと聞こえるようにやるか、これは全部、効果の計算です。

怒るといっても、相手の性格、場所をみなければいけない。

その次に重要なのがときです。いかなるときに怒るかというタイミングがある。

それからもう一つ、兵の退き方。怒ったときに、どこで退いたら効果があるかという判断が当然必要になってくる。

だから、これは戦争と同じことなんです。いつ戦争に挑めばよいのか。戦場をどこにするか。敵はどういうやつか。いつ戦いをやめたらよいか。この四つを念頭に置く必要がある。

そして、最終的に戦争が始まり、絶交するしかないと判断したとき――この絶交というのは会社を辞める状況になったときだが――自分がそれによって受けるダメージの計算をしなければならない。

けれども、こんな計算していたら怒れないよ、という男はそのまま、無理しないでやっていたらいいのだ。怒ったら損だと思っているやつは、怒らない方がいいに決まっている。

いちばん、始末に悪いのが、男は怒るときは怒るもんだと思ってやってみて、あとで〝しまった〟と悩むやつだ。焼鳥屋なんかでボヤいているのが……。

二、三日したら「課長、この間は暴言を吐いて、悪うございました」といって謝る、なんともいえないみじめなやつがいるじゃないか。こういう人は怒らない方がいいと思うよ。

だいたい、組織に入ったらめったに怒るな、といいたい。よほどのことがなければ怒るな。つまり、組織に入ったというのは、長距離競走なんです。これがぼくたちの商売とちがうところだ。ぼくたちは時には、スピードを上げたり、怒ったりどなったりするけど、組織に属している人間はそうはいかない。怒るという行為自体、これは短距離競走の戦法だと思う。長距離というのは、呼吸を整え、めったにハッハッという息をさせないで、集団で怒った方がいいのとちがわないか。

さて、家庭では、怒ってもいい。家庭は組織じゃないからね。子どもの教育でも彼らが独立をするように養うためには、やはり父親はきびしい存在でなければダメらしいね。ある年齢までは。そのあとは自由を認める。

実際、怒る姿勢をもつ父親の方が子どもに対する愛情が深いらしい。

怒るといっても、むちゃくちゃにたえず怒っているんじゃなくて、年に二、三回、子どもがちぢみ上がるぐらいパーンとやるという怒り方。「こわい存在」としての父親というのはやっぱり必要なんです。

それから、女に怒りなさい。女には子どもと同じところがあるんです。女と子どもは同じようなところがあるから、女にも怒れ！　でも、女のすべてが子どもと思ったらいけない。女は立派なところがとってもあるからね。

しかし、ある部分において子どもとそっくりなところがある。それを区別しなくては。女はバカだとか、軽蔑すべし、なんていっているんじゃないよ、間違えないでほしいが……。

女は、男が及ばないような立派なところがあるけれども、しかし、どうにも男にはわからない子どもみたいな部分が確かにある。それは女がいちばん知っています。そこの部分は女はどなってもらいたい、叱ってもらいたいという潜在的欲求があるはずです。

女っていうのは、自分が一度、感情に流されると、歯止めがきかないようになることを自分でよく知っているのだ。そういうときには男にピシッとひっぱたいてもらいたいと女は思っているものだ。

女から見ると男らしくない〝その点〟

「部下や後輩には怒るな、忠告しろ。みんなの前で怒るより、一人だけ呼んでそっと忠告しろ、怒ってはいけない」

この方が効果があるんです。

しかし、最大の怒り方というのは、自分に対して不当な侮辱を加えるやつを、やがて自分の味方にすることですよ。

つまり、これは戦いと同じなんだから銃火を交えて戦争するよりは、交戦せずに敵を味方につけるのが最大の勝利だ。だから、まずそのことができないかを考えてみなさい。これはどんなに気の弱いやつだってできるはずだ。

太閤秀吉の伝記っていうのは、いまではみんなバカにするけど、あれを読むと、ほんとうに戦わずして敵を味方にすることを盛んに考えるね、秀吉は。

けれども、秀吉がほんとうに怒ったときがある。彼が織田信長に怒ったんだ。彼が道を歩いていたら、塀の穴から信長がチンチン出して、秀吉に小便をひっかけたことがある。このときだけ彼は怒った。いや、激怒のふりをした、と思いますよ。信長が謝ったんですから、激怒のふりをしたんだと思うけど、そのふりがたいへんうまかったんだと思う。信長をカーッとさせないで、しかも謝らすようなもののい方というのは。

しかし、秀吉は晩年に至って、カッとなってすぐ人を殺すようなことをやっているけど、青年、壮年期までは、怒らないね。自分に不当なことをしたやつでも、味方につけているから。

それをしなかったのが織田信長だが、あれは短距離競走なんだ。

前にも書いたけど、会社に入るのは、長距離競走なんだから、それなりの作戦をとるべきだ。だから、怒った方が男らしいとはあながち思わない。男らしいということは、結局、相手を説得し味方にすること。で、最終的に勝つことだ。その場に勝つことではないんです。

ハワイ・マレー沖海戦で勝っても、最後に敗けたら、男らしくない、というのが私の考え方だから。これは、いわゆる美学の問題ではない。カッコいいと、見た目で怒るのでもない。勝つための一つの手段として怒るのだ。

上司に対して、怒るというのは、そのときはカッコいいかもしれないけど、あとでくよくよするかどうかを考えるべきです。寝床の中で、ああオレはバカなことをしたと思うなら、これはカッコ悪い。もっとカッコ悪いのは、三、四日して、

「上司にたてついたということで、その点は謝ります」

ということだ。「その点」もへったくれもない。謝ったら敗けです。

それから、今度は仕返しを受けて、無駄なエネルギーを使うことは、カッコよさとソロバンが合うかどうか。それを考えないカッコよさっていうのは、愚鈍なるカッコよさじゃないか。

そのときは「カッコいい」といってくれた同僚や友だちも、やがて上司から憎まれていることがわかると、決して味方になってくれないからね。そして、退社するとき、十人のうち一人ぐらいは、再就職のために走り回ってくれるかもしれないが、九人は「しっかりやってくれよ。君の気持ちはよくわかるよ」とか、何とかいうだ

けで、誰も何もしてくれないものだ。

カッコよさのための引替えというものがどんなに大きいかがわかったうえで怒るのだったら、これはほんとにカッコいい。

要するに自分に不当な侮辱をしたやつに、勝てばいいんだから、そのときカッとなって怒るより、二年経っても、三年経ってもジッとしていて、最後に勝てばいい。彼より出世すればいいわけだ。

すぐ涙を浮かべる男の本音

怒りと反対の表現に、やさしさという行為がある。この、やさしさというのは男らしい行為です。しかし、女をどこかまで送っていくとか、女の肩にコートをかけてやるとか、というやさしさじゃない。

本当のやさしさっていうのは、男らしいし、かなり自分を犠牲にするものだ。やさしさって、つらいことだもの。そして、もう一つは、想像力があるっていうこと。相手のつらさ、悲しみというのがわかるという、そういうことが想像できる力、それはなかなかもてるものじゃない。もてるもんじゃないけど、そういうやさしさをもっている人は、本当にいるものです。

そういう人を見ると、男らしいと思う。怒ったりするよりも、はるかに、ああ、男らしいやつだなと思う。

いわゆるカッとなって怒るより、カッコよくはないけど、本当の美しさがある。ぼくにはなかなかそういうものはもてないけれども……。

それから、気の毒な人を見て、ああ、かわいそうだなと思うのは、やさしさじゃない。あれは本能です。ぼくのいっているやさしさというのは、その本能が起こったところからはじまるのだから。何をするのかというね。

あいつはやさしいやつだ、すぐ涙を流すというのは関係ない。これはただ「涙もろい」というだけのことです。涙もろいということと、やさしさということを比べたら、涙もろかったり、性格の弱いやつは、人の不幸に目をそむけたいという気持ちになる。それをわれわれは往々にして、「お前って、気持ちのやさしいやつだなぁ」というけど、これをやさしい人とはいわない。やさしさというのはそこからはじまって、彼は何しているかっていうことです。こういう意味での、やさしさを実践している男らしい人がいるものだ。

いまの若い人たちがいっているやさしさっていうのは、三つの心理が入っている。一つは、争っても意味がない、という考え方。これはぼくたちの年代とはちがう。無意味な争いをすることを男らしいと錯覚していたんだな、ぼくたちは。しかし、ここで足りないのが、それでは、意味のある争い方とは何か、という考え方までもっていかないことなんです。争っても無意味だ、というところにとどまっている。

それから、争うことの損もぼくたちより、よく知っていると思う。しかし、ここにおいても、損でない争いとは何だ、というところまではいかない。

三つ目が、やさしさが一種の逃避になっていること。現実直視をするのでなく、現実から逃れるためのやさしさというのが、あるような気がする。

以上の三つがミックスしている気がするわけ。

だからといって、これが全面的に悪いというんではないんだよ。ぼくたちの世代みたいに、無意味な遊びをやったり、一時的にカッコよさのために争い、あとでくよくよするより、ずっと前進していると思う。

ただ、そこから一歩進めて、それでは意味のある争い方は何だろう、と考えてみたらどうなんだろう。

意味のある争い方といったら、結局「最後に勝つこと」ということです。こっちがアリなのにライオンに向かっていくやつはいない。昔は、こっちがアリなのにライオンに向かっていくのをカッコいいといっていた。まあ、東映のヤクザ映画みたいなもんでした。

怒り方も争い方も、結局は最終的に勝つための手段と考えたらいいのだ。そのとき、カッとなって怒っても、カッコいいかもしれないけど、無意味なことが多いのではないかな。

15 人間はどこまで正直に生きられるか

自分が弱虫であり、その弱さは芯《しん》の芯まで自分につきまとっているのだ、という事実を認めることから、他人を見、社会を見、文学を読み、人生を考えることができる。

――「お茶を飲みながら」より

相手によって人はこんなにも変わる

あなたは大衆の意見をいつも正しいと信じるだろうか。群衆が正義だといったらそれを信じるでしょうか。突然、こういうようなことを私が口にすると、あなたがたはいったい何をいっているのかと思うかもしれない。

　私は戦中派と呼ばれる世代に属している。きみたち若い人たちは知らないだろうけれど、戦争の間、日本にはいろいろ妙なことがあった。

　たとえば、散髪屋のおやじが自分の町内の散髪屋を回って、英語で「BAR《バー》・BER《バー》」と書いてある店の看板をペンキで消して歩いた。そうすると、一流新聞がそのバカな男のことをほめそやして、「愛国散髪屋」という見出しで記事を書いたりしたのです。

　そのころ、私はまだ学生であったが、その男の記事を読んで、何とつまらない男を世論はほめそやすのだろうと、不思議に思ったものです。

　あるいは、道を歩いていると「国防婦人会」というタスキをかけたおばさんたちが、一列に並んで、パーマをかけた娘さんたちが通りかかると、

「そのような敵性の髪をするのはやめましょう」

と、わざわざ注意をしに行く。東京の渋谷でも新宿でも、そうした光景をあちこちで見かけたものです。

　こうした、若い娘をとっちめるときのおばさんの顔を見ると、自分はいいことをしたのだという満足感に溢れていて、私はそれを見るたびに吐き気を催したのを憶

えている。

若い娘がパーマをかけるのは、アメリカ人であろうが、日本人であろうが当然のことなのに、それをわざわざ注意して自分が愛国者だとうぬぼれる気持ちがたまらなくイヤだった。

自分たちの〝正義〟を一方的に押しつけ、なぜそういうことをするのがいいことなのか、という反省がこのおばさんたちにはまったくないのです。

ある日、電車の中で英語のリーダーを広げていた女子学生のところに、一人の紳士がつかつかと寄っていって、

「敵性語を勉強するなどというのは、非国民のすることです」

といっている光景を見たこともある。乗客はみな黙っていたけれど、そのときも私は、わけのわからんことをするものだと心の中で思ったものです。

いま考えると、あなたたちも首をかしげるようなこんな行為が、あの当時は正しいこと、当然のことだと思われていた時代でした。

そのときの彼女の表情

つまり、一種のスローガンが群衆に広がり、そのスローガンが〝正義〟という御《み》旗《はた》のもとで叫ばれると、大衆というものはそれを盾にとって何でも判断してしまう。それが本当に正義なのかどうか、ということを深く考えようともしません。そういう傾向は戦争中、日本の社会の至るところでたくさんありました。

もしそれに反対する者があると、あたかもその人が正義を裏切った人間かのように民衆はののしったものです。民衆だけではなく、マスコミもまたその人をののしったものです。

そのころ、自由主義者といわれるごくわずかの人たちが、大衆のいう「社会の正義」に反対したために糾弾を受けたり、ひどいときは獄に投ぜられたことをあなたたちもよく知っているでしょう。

このようなことは、冷静になって考えれば白黒の識別がつくことなのですが、群衆の中では、その識別能力がなくなってしまうということ、その恐ろしさを考えてほしいと思うわけです。なぜかというと、今日でも〝正義〟の名のもとに、実に愚劣なことがあちこちで行なわれてはいないでしょうか。

その一つの例を出してみよう。

まだ、みんなの記憶にもはっきり残っているだろうが、ロッキード事件が新聞紙上を賑わしていたころ、この間、判決を受けた小佐野賢治の屋敷をたくさんの人たちがとり囲み、内をのぞいたり、写真を撮っていたものです。これは野次馬として仕方のないことかもしれない。

しかし、その中にピーナッツをたくさん持っていって、屋敷の中に投げ込んで、得々としている人たちがいたことを私は新聞で読んだ。新聞は別に、その人たちを非難して書いているわけではない。あたかも小佐野の行為に群衆が怒った、その表現として、そういう光景を描写したのです。

しかし、こういう愚劣な行為は、あのパーマをかけた娘に注意を与えた戦争中のおばさんとそっくりではないのか。

もっとひどいのは、丸紅の社員の子どもを「ピーナッツちゃん」と呼んで、ほかの子どもと差別した女教師が、あの当時いたことです。子どもには何の罪もないのに……。

たとえ、その親が事件と関係があったとしても、われわれはその子どもを特別視するような扱いをすべきでないことは、常識以前の常識でしょう。

しかし、その教師はそうすることで、自分が正義の味方だとうぬぼれていたにちがいないのです。

そのときの彼女の表情は、きっと、BAR・BERという散髪屋の横文字を消して歩いて得意満面になっていた男の表情と同じように愚劣であったにちがいないのです。

一度覚えた快感は忘れられない

現在、ロッキード事件が大きな日本の問題になっている。ロッキード事件で行なわれたことは不愉快なことである。しかし不愉快なことに決まってはいるが、それを非難する側の心理というものを、もう一度反省してみなければいけない。

われわれはえてして庶民であるがゆえに、自分たちより権力がある人間が失墜したとき、それに快感を感ずるという心理が働きます。

つまり、いい目をみた者が不幸になると喜ぶあの感情です。

が、その感情というものは縦から見ても、横から見ても決して美しいものではない。その美しくない感情をわれわれは正義感と混同していないだろうか。

もちろん事件は客観的に裁かれなければなりません。罪の疑いのある人が裁かれ、判定をうけるのは当然です。しかし、自分たちの卑しい感情を正義とすりかえるとき、これはなにもロッキード事件に限らず、われわれの日本社会では、実に愚劣なことが次々とはじまるのです。

戦中派である私は、戦争中も戦後もこういう現象をたびたび目にしてきました。戦争中には「聖戦」という錦《にしき》の御旗が、戦後は「民主主義」というものが、大義名分になってきた。

そして、この大義名分が善となり、群衆に陶酔を与えた。が、これが限界を越えたとき、正義を逸脱して卑しい感情を起こしたり、愚劣な行為に走らせるということがたびたびあったのです。

こういうことを私がいうと、必ず、お前は田中の味方をするか、などという投書が舞い込むにちがいない。そういうことが私はたいへん悲しいと思う。

〝正義〟というものは扱うのにデリケートなものです。正義という名の下に、バカげた行為に走る人たちがいることを、若いあなたがたに一度ゆっくり考えてもらいたいと思うわけです。

正義をふりかざす人が出てきたときは、一応警戒していいのだとさえ、私は思うのです。

16

他人《ひと》を愛せない人は自分を愛せない

信ずることは眼にみえぬものに賭けることである。もしくは眼にみえぬものを実現するために努力することである。君が友を信ずるのは友との永続的な友情や友の誠実に賭けることではないか。君が自分の未来を信ずるという時は、未来の幸福を実現するために努力することではないか。

――「恋愛作法」より

一人の人間を通して自分を見てみよう

ぼくの学生時代というのは、太平洋戦争という歴史的な大事件にぶつかった時期でした。この戦争が終わって、いちばん変わったのが世の中の〝価値観〟だといえます。

それはまず、戦争に協力した連中をさまざまな形で裁くことからはじまった。戦争指導者の政治家、軍人だけではなく、各界にわたってこの嵐は吹きすさんだのです。文壇も例外ではなかった。文壇だから追放ということはなかったけれど、評論という形をとって、若い世代が旧世代を痛烈に批判し、裁いていった。

「お前たちは、戦争に協力したじゃないか」

といって、あげつらったわけです。

が、ぼくはそのときまだ学生でしたけれど、なんかみんなについていけないような気がしていた。別にぼくは戦争に積極的に協力したわけじゃないけど、同世代の友だちが、旧世代の人を、戦争に協力したということで、裁いているのを見て、ぼくたちに裁く権利がどこまであるのかなという気がしたわけです。

なぜかというと、偶然、ぼくたちはそういう立場に置かれなかったから、そうしなかっただけで、もし同じ立場にぼくたちが置かれたなら、ひょっとしたら同じことをしていたかもしれないと思った。それを絶対にしない、ということはぼくには断言できない。

それほど自分たちの若い世代が立派であり、どんな暴力にも屈しないほど強い人種だったかといえば、ぼくにはそう思えなかった。強くもない人種がたまさかそういうシチュエーションに置かれなかったから手を汚さずに済んだのではないだろうか？

こう考えてくると、自分たちだけ正義漢ヅラして、人を裁く権利がどこにあるのかという気持ちがいつも働いていた。これが後にぼくの文学の中で、大きな要素になるんです。

それからもう一つ、新しい〝価値観〟が登場した。民主主義というものに対する明るい希望がそれです。河上徹太郎先生の言葉を借りれば〝配給された民主主義〟ということになるけれども、これで世の中がうまくいくという非常な楽観主義が世の中を支配したことは確かだったな。

ぼくも民主主義にはもちろん賛成なんだけれど、民主主義さえあればすべてがよくなるという考え方に、若いながらも「そんなに人間って単純かしら」という気持ちがあったわけです。人間の中には社会制度や政治体制が変わっても、変わらざる悪の要素があるのじゃないか。外側のものが変わったからといって、人間の内部まで変わるというのは、人間をあまりバカにしていることではないか、という感じがありました。

こうした考えがあって、ぼくが根本的なところでマルキシズムについていけない最大の理由になったわけです。

人間は結局弱い存在か

それから、この本の中でたびたびいったように、限界を越したならばいかなる思想も悪となるんだ、ということが戦争と戦後の社会を見たおかげではっきりわかったわけです。

というのは、民主主義というのはすばらしい制度だけれども、民主主義の名目のもとに原子爆弾を落とした。つまり限界を越した場合、やっぱり民主主義というものも確かに傷ついたわけだ。

民主主義のもとに極東裁判が行なわれたけれども、くしくもインドのパール判事が「これは政治裁判だ」と看破したように、民主主義といえども〝勝てば官軍〟というところがあった。

ですから、当時、昔から日本にあるものはすべて〝悪〟という風潮の中で、これも限界を越したら危険なことだと思っていた。絶対善とみられていた民主主義でさえ、その危険性があるんだということは、後にベトナム戦争を見たってわかるでしょう。

ぼくは反米主義じゃなく、むしろ親米主義者の方だけどさ。民主主義もそれを強引に押しすすめた場合は〝悪〟になるということはあるんです。

戦中、戦後の体験を通して学んだことは結局、〝人間の弱さ〟だったかもしれない。たまたまある立場に置かれた人が、弱くて、過ちとか罪を犯したとき、一方的にその人を裁くことができるだろうか。

当時、捕虜収容所で捕虜をぶんなぐったとかいう人が裁かれた。しかし、もしあなたが捕虜収容所の監視人という立場に置かれたとき、絶対に捕虜をぶんなぐらないと断言できるだろうか。

あるいは、自分の戦友が殺されたとき、カーッとなって、敵を殺してしまわないといえるか。餓えきってしまった兵隊が、現地の人の食糧を盗んでしまったとき、「お前は極悪人だ」みたいなことをいって責めることができますか。一方的に人を裁く前に、もう一度、相手の立場、事情を考えることは必要なんです。

ぼくは小説家だから、いろんな人間を描いてきた。この人間を描くことによって、〝人間の弱さ〟ということを身にしみて感じたわけです。人のものを盗む、人を殺すという行為ですら、そいつを一方的に責める気にはだんだんなれないようになってきた。

彼には何か哀しいこと、やむを得ない事情があって盗みを働いたのかもしれない。また、人を殺すにもつらい必然性が彼の中にあったかもしれない。どんな三文小説でも、こうした行為の裏にある人間心理を描いてなかったならば、作者は人間観察が下手だから描いてないんです。

ほんとうに人間観察ができていたら、妻を殺す亭主であろうが、恋人を殺した男であろうが、その背後には、どうにもならない人間の哀しさ、つらさが存在するんだということを読者に知らしめるでしょう。

こうした人間の哀しさの部分を何度も描いているうちに、ぼくは人を裁くことが、だんだん齢とともにできないようになった。

だからといって、すべての犯罪に対して、社会的な制裁は不必要といっているのではない。それは秩序の世界としては当然あるべきです。が、個人の良心の問題として、「オレに人を裁く権利がどこまであるのか？」ということをいつも心の中に含んでおかなければ、人間というのは偽善者になってしまう。というのは、つねに自分は正義漢だという優越感をもつからです。この偽善者になることは偽悪者になることよりも汚ならしいことかもしれない。

犯罪は社会的な秩序、正義というもので裁いていかなければならないけれど、その上に便乗して、自分の内面まで正義漢ヅラして、人を裁いてはいけないと思うのです。なぜかというと、それは人間の弱さ、あるいは自分の弱さに対する認識が欠けているからだと思うからです。

その人の存在が気になりはじめるとき

えてして、屈辱感とか劣等感について、悩んだり、訓練を経なかったやつというのは、自分の考えていることに優越感を抱きやすい傾向になっている。

ということは、言葉をかえていうと、自分がちょっとしたことで正義の人になりやすいということなんです。

こんなことをいったら怒られるかもしれないけれど、正義の人にいちばんなりやすいのは若い女だ。感情的になりやすい人ほど、正義の人になりやすい。

こういう人は、自分の弱さに気づかず、いたずらに自分の考えだけが正しいと思っている。この種の人間が高びしゃに相手を裁いてくる。偽善者とか似非《えせ》正義漢は、たいてい相手の意見を認めない。

だから、ぼくがこれからの若い人たちにいちばんほしいと思うのは、いたずらに自分の考えに優越感をもつなということです。同時に偽善者にもなるなということなんです。そのためには、自分の弱さをかみしめろといいたい。人が過ちを犯したとき、自分が同じ立場だったらどうだっただろうか、同じ過ちをしないという自信があるだろうか、ということに思いを馳せてほしい。

再三いうけれども、これをいわゆる社会的な裁判、判決と混同してはいけない。ここに「盗む勿《なか》れ」という言葉がある。法律や社会主義の立場では、これは裁かれなくてはいけない。

しかし、「子どもが飢えているのを見て、隣の果樹園からリンゴを盗んで、自分の子どもに与えた親がいた」としよう。この親は法律上は裁かれなくてはいけないだろう。が、個人的には同じ立場に置かれたなら、ぼくも同じようなことをしたんではないかと誰でも思うでしょう。この二つの区分ははっきりとしなくては、と思うわけです。

えてして、若い人は社会に出てからの苦労、経験が少ないために傲慢な正義漢になりやすいとはいえる。だから、たえず、自分が同じ場所に置かれたならばということを考えなさい。そのためにはイマジネーションが必要になるんです。これは、さまざまな人間と数多く接触しなければできないことかもしれないけれど。でも、そうしたことを経て、やっと人を許せるという気持ちになるわけだ。

若い頃にはなかなか、そうした気持ちになれないもんだが、好きな女の場合には、相手の立場になって考えてあげようと努力するんじゃないかな。が嫌いな女にはそうしないでしょう。ぼくがいっているのは、嫌いな女に対してもそれができるようになったら一人前の男だということです。好きな女なら〝アバタもエクボ〟だから、裁かない。でも、好きでも嫌いでもない女がドジをして物を割ってしまったとき、相手の身になって考えてやれるかどうか。

これはやっぱり想像力だよ。しかし、これは謙遜ということじゃない。謙遜というといかにも人工的な臭いがつきまとうから。相手からよく思われたいという計算が働く。ぼくのいっているのはそういうものではないのだ。これはおのずとそうなるんです。人間の弱さ、いろんな人のさびしさがわかってくるとね。

人間も齢をとって四十歳ぐらいになると、だんだんわかってくるけど、二十歳代の人でも、この時期にそういうことも考えなくちゃいけないと思う。

マルクスの本を読んだら、もうこれですべてが解決したように思って、自分と同じ考えでないやつは反動だ、という決めつけ方はあまりにも単純すぎないかい？それほど自分の思想に優越感をもつほど、勉強もしないで。

その勉強法の一つに文学を読むことがあげられる。これには二つの効用があるんです。

一つは、自分以外の人間の心がわかる。結局は、自分の体験、知識を拡大して読むわけだけれども。

もう一つは想像力（イマジネーション）を養う。相手の立場を想像する。これはものすごい修養になるよ。悲しい物語を読んで涙をこぼしてもいい。それは偽善じゃない。現代文学において、感傷的な小説だと批判されることは一向に苦にならない。感傷的な小説を笑うやつの方が心が冷たいと思いなさい。センチメンタルになることは決して悪いことじゃないんです。それはあなたが、相手の立場になってものを考えることを意味しているわけだから。

エピローグ

ほんとうに自分を愛せるか

いつのまにか歩いている自分の道

我々が自分の人生を決めてしまう時……。

人生には少なくとも一度は一生を決めなければならない節目があるようです。

笑われるかもしれないが、私は最初は小説家を志したのではなく、大学を出た時は俳優になろうと思っていました。本当に松竹映画会社を受けて落っこちました。

控え室で待っていると、私の前の受験生が口頭試問を受けているのが、私の方に全部聞こえてくる。

試験官になった監督が、

「君は趣味は読書と書いてあるが、読書って君は何を読んでんだ？」

と言うと、その受験生、

「私は太宰治を読んでおります」

「太宰治の何を読んどるのかね？」

と言われたら、黙ってしまった。

この受験生が「向こうへ行きなさい」と言われて次は私の番です。

「君も趣味が読書と書いてあるが、君は一体何を読んどるのかね？」

「ヘラクリトリスを読んでおります」

そう私は答えた。

と試験官は、

「ああ、ヘラクリトリスというのは……、ああそうか、そんなのを読んどるのですか。あれは面白い」

と言った。

後に、私が小説家になってから、その試験官をしていた監督と対談する機会を得たときに言いました。

「昔私は松竹を受験しまして、あなたの口頭試問を受けたことがあるんです。その際、何を読んでるのかと言われて、ヘラクリトリスというのを読んでると言いました。大変面白いとおっしゃいましたけど、そういう人物は実はこの世に実在しないんです」

本当に、ヘラクリトリスなどという人はいない。ただ、私は当時トリスという酒ばかり飲んでいましたからそんなデタラメな人物名を口にしたのです。

いずれにしろ私は松竹を落っこちてしまった。落っこちたから小説家になった、とも言えるでしょう。

それも一つの理由ですが、私がもっと大きな、かなり太い根だと思えるものがあります。それは未だ物心つかない時に、キリスト教の洗礼を受けさせられたことです。

私の母親が洗礼を受けていたので、ちょうど子供の私も教会に来なさいと言われて、兄と一緒にキリスト教の話を聞かされていました。でも、日本の少年にはわからないことばかりで、半分居眠りをしていましたし、そんなことより、後でキャッチボールをやったり、野球をやったりすることばかり子供ながらに考えていたものです。

そうしているうちに、みんなが洗礼を受けるというので、自動的に洗礼を受けてしまった。自発的に自分で選んで受けたわけじゃなく、みんなが受けるから一緒に受けたという……まあ、非常に無責任な話です。

その日のことはまだ、いまでもよく覚えている。四月の復活祭の日でした。司教様が、あなたは洗礼を受けますけど、神様を信じますかというと、並んでいる大勢の子供たちが一様にハイ、ハイと言っている。だから私もハイと言っただけで、別に神様を信じようと思って洗礼を受けたわけではありません。

自分の人生というものは、そういう思いがけないことで決定してしまう厳粛な一瞬というものがあるんだろうと思います。

私は、ハイッと言ったことが、自分の生涯をある意味で決定するとは、その時は思わなかった。

まあ、そういう無責任な受け方をしたものだから、物心ついてから大学生くらいの頃まで、こんなくだらないもの！　と何度も思ったものです。くだらないものと言ったら言い過ぎだけれども。

とにかく、私には基督教なんかわからない、私の肌には合わない、といつも思っていた。

どうもバタ臭くってヤダッという感じです。私はバタ臭いのは嫌いなのです。ほんとうに私は、趣味、嗜好すべてに、日本人的な男で、はっきり言って、たくあんにミソ汁というほうが好きな男です。ウィスキーより日本酒をチビチビやるほうが好きなのですから。骨の髄まで日本人なんです、私は。

大体、私が中学の時まで理想としていた人物は弥次さん喜多さんでした。ホントに、真面目に、私は何が感激したって、弥次さん喜多さんの本を読んで、こんなに世の中面白おかしく送っている人間がいるのかと思いました。自分も大人になったら、こんなふうに面白おかしく世の中渡るべェと考えました。

その当時、私と同じようなバカがいて、その友だちと二人で『東海道中膝栗毛』の真似をしようと思い立った。その頃は関西にいたので、とりあえず神戸から京都まで二人で炎天下を歩きはじめたけれど途中でくたびれてしまって、何一つ面白いことがなく、もどってきたなんていうこともありました。

そういう人間が、キリスト様という、聖書の中のどこにも書いてないので、どういう顔かさっぱりわからないが、長い間に人類が創った顎ひげを生やして理想的な美男子といわれる顔のそのお方と、できることならオサラバしたいという感じがたびたびあったわけです。

他の言葉で言うと、私には子供の時からキリストという許嫁《いいなずけ》があった。この人と生涯連れ添わなければならない許嫁を押しつけられた。

私が自発的に選んだ人ではないから、まあ、キリストは女性ではないけれど、その嫁さんがどうも私の好きなミソ汁とか、たくあんとかを食べさせてくれない。バタ臭いものばかり食べさせるからもう結構だ、というような感じがあった。

女房にしたけれど、結婚してみたけれど、どうも君とは感覚が合わない。君、すまないがぼくのところから出て行ってくれないか、とキリストに学生時代の私が言うわけです。もういい、君とはどうも一緒に生活できないようだから出て行ってくれと。

ところが、向こうは出ていかないのです。すべての世の女房と同じように。若い人なら出ていくかもしれないが、君たちのお母さんの場合は、ちょっとやそっとではご亭主から言われても出ていかない。むしろ、私は出ません。あなたこそ出ていきなさいと言われるでしょう。

話をもどすと、とにかく向こうのほうが出ていかない。別の言い方をすれば、私は子供の頃から洋服を着させられたということになる。私の日本人という体に合わない洋服を。

服は服にちがいないのだが、外国の服と日本人の体では合うわけがない。この洋服を着ると、この袖口が長い、ここはダブダブだ、となってしまう。歩いていても、ピシャッと体に当てはまらず、どうも着心地が悪い……。

いまの時代とちがって、当時はまだ、キリスト教の人というのは嫌われていました。なにしろ、中学校へ行くと、お前はアーメンだと言われた。アーメンソーメン冷やソーメンなどとよく言われたものです。

そうこうするうちに、世の中がだんだんキナ臭くなってくる。戦争になると、キリスト教信者は国賊のように言われて、周りの人から苛められたりすることも度々あるわけです。

けれども、その苛められるということは、余りたいしたことではなかった。問題なのは、私が着ている、つまり母親から与えられたこの洋服が、私の体に合わないという悩みです。母親が決めてくれた許嫁が、私の感覚とはどうも合わない。この悩みを私はかなり長い間持っていたものです。

棄ててやろうと思いました。この洋服を脱ごうとしたわけです。ところが、脱いでしまうと当然素っ裸になる。そうなってしまうと、今度は、私がその代わりに着る物を持っていない。他には何もないのです。

着る物を持っていない。他の思想を持っていない。だから、そのままでは恥ずかしいので、仕方がないから裸を隠すために、その服をちょっと着た格好をしていたわけです。

そうしているうちに、母親が死んでしまった。この母親のことが、私にとって非常な影響というか意味を持ちはじめることになる。

どっちを向いて歩いていくか

私は、ものすごく母親に可愛がられていた。二人兄弟で、兄貴は秀才で、弟、これがダメ。弟というのは私のことですが、小学生の時から全然勉強をしなかったのだから。自分で振り返っても、子供の頃は少しおかしなところがあった。おかしいというか、つまり頭が良くなかった。

たとえばこんなことがあった。

母親から何かの種をもらい、毎日水をやれば芽が出て花が咲くから、植えて水をやってごらん、と言われて、私は毎日水をやっていたんですが、ある日、雨の日なのに傘をさして水をやっていた。

そのくせほかの点ではかなり悪賢くて、母親の装身具を盗んで売り飛ばして、その金を地面に埋めて、キャラメルを買っていた。

中学校に入学すると、さらにダメになりました。授業中、先生のおっしゃっていることが、聞いていてもさっぱりわからない。

聞いてはいるんですが、まるで外国語を聞いているのと同じ状態になり、まったくわからない。

特に数学に関しては、私はまったく才能がない。

「三角形の内角の総和が一八〇度になる、右を証明せよ」

という問題を出されると、私の答えというのは、次のようなものでした。

「そうである。まったくそうである。ぼくもそう思う！」

中学校は、いまは受験予備校みたいになってしまったが、灘という学校でした。当時は、近所の中学を落ちた連中を集めて入れていた学校だったのですが、その後受験予備校みたいになり、有名大学ばかり狙うようになってしまったが、あの頃はまだ良かった。

そうは言っても、先生がものすごく叩いたものです。だから、〝そうである、まったくそうである、ぼくもそう思う〟なんて答えると、バシーンとなぐられた。

「遠藤、お前ウサギに角というのは何だ！　それはとに角と言うんだ」とか言われて。私がウサギに角、ウサギに角と言っていたものだから……。

成績は下から二番目。だから母親は非常に苦労したんだけれども、その分だけ可愛がってくれた。

兄貴は勉強が良くできたのに、私ができないので、私を励まそうと思ったのでしょう。〝お前は大器晩成なのよ〟といつも言っていた。

そのことはとてもよく覚えている。自分も大器であると思い込んでましたから。ですから近所の連中に、俺は大器晩成だと言い回っていたのですが、そこが悲しいことには、大器晩成というのを覚えられず、自分で晩器大成だ、晩器大成だと言っていました。

兎に角、母親が私を非常に可愛がってくれたために、死後も母親に対する愛着が私は非常に強かった。

だから、こう考えたのです。

ぼくにはよくわからないけれども、母親が、彼女にとっては自分にくれた最大の、私にとっては非常に困ったプレゼントを、勝手に何もしないで棄てては母親が可哀相ではないかと。母親がくれた洋服を脱ぎ捨ててしまうのは何か悪いような気がしたのです。

だから、私はこの洋服を自分の体に合うように仕立て直してみよう、と考えた。洋服を和服にしてみよう。丈の長いところは切り、ダボダボのところは縮めて、日本人の体に合う、私の体に合う和服に仕立て直そう。それでダメだったら、本当にその時はキリスト教というものにサヨナラを言いましょう、とそう決心した。

そのことが私の小説を書く一つの根になってきたことは確かだと思う。

その和服にうまく仕立てられたかどうかということは、私の本の読者の方が決めて下さる問題です。

あるいは、いや、キリスト教には和服も洋服もありはしない。真理というものは、国境や民族を越えて、普遍的なものだから、和服も洋服もないのだと言う人がいると思う。

しかし、国によって食い物がちがうように、着る物がちがうように、言葉がちがうように、みんなには共通しているけれども、その形において異なっている物がある。その形というものが、私は非常に大事だと思う。

だから、本質はちがわないけれど、形の変化ということ、それが私の仕事だったと言っても良いと思います。

私が小説というものを書きはじめてから長い歳月がかかって、ようやく自分の和服に仕立て上げられたな、という感じを持ちはじめたのは、いまから十年、あるいは十五年くらい前からです。その後はしばらくの間、その和服をもう少し自分の身にピシャッと変える、いわば仮縫いから本当の仕立てまでの間の時間的経過というものがありました。

そのほかにも、私の中ではいろいろなことが小説を書かせる要素になっている。

助けてくれ！　と悲鳴を上げたくなるとき

いま言った理由が一つ。それから私が小説を書きはじめた、もう一つの理由は、私の中に、人とコミュニケートしたいという欲望が非常に強くあるからだろうと思う。所謂《いわゆる》、普通の小説家というのが、自分を孤独であるなどとよく言う。ああいう孤独とか虚無とかというようなことを、文学青年などに言われると、何か、背中にジンマシンが出るような気がするのです。私も文学青年でしたが、一緒にお酒を飲んでいても、

「君、人生は孤独だよ！」

「人間は孤独だよ！」

などと言われると、非常に気持ちが悪くなる。

むしろ、そういうことより、人と人とが語り合ったり、通じ合ったりしてみたいという気持ちが私の心の中にいつもある。

近代というものが、人間というものを、だんだん暗く見るようになってきた。たとえば、笑うということでも、皮肉な笑いとか、皮相的な笑いとか、風刺の笑いなどという形で人を笑わせるけれども、私の場合は、誰かが私を笑う時、あるいは笑いかける時は、その人と友だちになりたいというような感じが非常に強いわけです。

私は、あまり人をからかったり、皮肉ったり、苛めたりするような笑いは好きではない。

そういうわけで、一方では私はシリアスな小説、つまり日本人にキリスト教というものを、洋服を和服に、仕立て直そうという小説を書く。そのもう一方では、書くということを通じて、たくさんの人とコミュニケートしたい、そういう欲望が私に、シリアスなもののほかに、ぐうたら物とか、狐狸庵物とかを書かす。

原理そのもの、つまりその中を流れている私の考え方は、本当のところさほどちがいはない。けれども、そういうユーモア物を書いている時は、これを読んで笑ってくれる読者の方を特に考えざるを得ない。笑ってもらって、その人が私とコミュニケートしてくれれば嬉しい、という気持ちが自然に働くからです。

私がたまに講演をする時や、読者の方からいただく手紙などで、いつも質問されることがある。

「遠藤さんという人は、非常に何か堅苦しい小説を書いているかと思うと、フザけたものも書いたりする。それから、あちこちで素人芝居をやったり、オジン集めてコーラスをやったりして、あなた一体何者ですか」と。

つまり、そういう人たちの考える作家像というのは、眉と眉の間にシワを寄せて、ちょっとうつむくと髪がパラッと下に落ちて、それを指で掻き上げて……。そういうような人間を小説家と思っているんじゃないでしょうか。

おそらく、芥川龍之介のような顔をした人です。いまの小説家にもいる。酒を飲んでいる時はフヤケた顔をしているが、自分の広告の写真を撮る時は、急にものすごくむずかしい顔をして、世界人類の苦悩を一人で背負ったような顔をする。私はそういうのはあまり好きではない。

ですから、シリアスなもの、たとえば『沈黙』や『侍』、『イエスの生涯』などを書くと、読者から手紙が来るわけです。それには、まるで私が世界人類の苦悩を、毎日考え続けている男のように錯覚されている。そうすると私は、本当に、助けてくれ！　と悲鳴をあげたくなってしまう。だから、そういう私の誤解多きイメージを掻き消すために、直ちに軽薄な行動に移るわけです。そうでないと精神衛生に非常に悪い。

我を忘れて夢中になる生き方

つい最近、小説家の三浦朱門と一緒に食事をする機会があってその時、〝カトリックにおける道化の存在〟について、ずいぶんと話し合った。

そういえば、道化云々の話というのは、文化人類学の山口昌男さんたちが書いたり、本にしたりしているので読んだ方もいるでしょう。

三浦とは、昔ローマに行ったことがある。一九七〇年に大阪で万国博覧会があった時のことでした。私たち二人は、その中のキリスト教館のプロデュースを担当することになったので、わざわざローマ法王庁まで、ラファエロの壁掛けを何枚か借りに行ったのです。

みなさんも、多分一度くらいは聖書を読んだことがあるでしょう。その中に、キリストの復活を信じようとしなかった、トマという弟子が一人いる。そこでキリストが現われて、トマに自分の傷口を触らせて、自らの復活を信じさせた、という話があります。

そのトマの指が置いてある教会があるとたまたまそこで聞いたので、私は早速、その日の夕暮れ時にそこへ行ってみました。

出てきた神父さんに奥の内陣へ案内され、トマの指をそっと見せてもらった。私の観察によると、あれはどうも猫の手です。それでもってお金を取られた。

けれど、私は、カトリックというのは、そういうところがあるから好きだ、と神父さんに言ったのです。私には猫の指としか思えなかったトマの指を拝んで、あるいは助かる人もいるかもしれない。心がとても慰められるだろう。そういうことも含めて、私は非常に結構だと思います。

また、カトリックは、立派な、巨大なゴシック建築のような神学という体系を持っているし、コルベ神父のような立派な聖者も出している。一つのオーケストラ、つまり、いろいろな音を奏でる交響楽の形態をしているのがカトリックだと思う。

もし、これがソロの形態だったらどうだろう。人間は純粋でなければならない、その他の要素は全部切り捨てろ、滑稽なやつもダメだ。こういう、いってみれば一種のピューリタニズムが一つのプロテスタントの主義だと私は思います。

カトリックとプロテスタントの大きなちがいというのは、最終的には、人間的な要素をどこで切り捨てるか、というところに関わってくるのです。

三浦朱門との道化についての話の中で、中世のキリスト教時代に、カーニバルというものを認めた、つまり、人間の中のあらゆる要素に対して応えるキリスト教、ということについて話した。

私は、ユーモアというものがとても好きな人間です。ユーモアで人を笑わせたい。だから道化になったりして人とコミュニケートしたいという欲求が、シリアスなものを書かせる一方で、私にユーモア本を書かせてきたのです。

あなたは、大説と小説のちがいというものをおわかりいただけるだろうか。大説家という人は、人生とか人間について、すでにわかっていらっしゃる方のことを言う。

けれども、小説家というのは、みんなと同じように、人生とか人間とかがよくわからないから小説を書いているわけです。

仮に二〇代くらいの齢で、人生の意味とか人間がどういうものかわかってしまったら、こんなにつまらないことはないでしょう。わかってしまったら、もう生きる意味がないのだから。もう生きるエネルギーがあまり必要なくなってしまうのだから。

死ぬ前に、人生の意味はこういうものだったと語る、私はそれが人生を生きるということだろうと思うのです。

推理小説は、最後の頁を開けるまでは大体犯人がわからないように書いてある。つまり、この犯人というのが人生の意義です。時には鮮やかなドンデン返しもある。私たちの人生にも最後にドンデン返しがある。人生の意義というのはそういうものです。

神様は、最後に私たちをドンデン返しさせてくれることがある。どんなに神を否定しようとしても、最後の頁でドンデン返しをして自分を信じさせる、ということです。

推理小説のことを私たちは普通ミステリー小説と言っているが、私の小説も、人生も、やはりミステリー小説なんです。この場合、ミステリーというのは文字通り人生の神秘というものについて、その意味を探ろうということでミステリー小説になるわけです。

どんな人の人生でもそうだと思う。ただ、人生の意味がわからない、だからこそ小説を書いていると言えると思います。

人を愛するとき本当の自分が生まれる

私の小説の中に、『沈黙』というのがある。この小説がどうしてできたかと言うと、一五、六年前に、長崎のある建物の中で、ある小さな踏絵を見たことがきっかけになったんです。徳川家光の頃からはじまった、キリストやマリア像に足をかけさせて、切支丹かどうかを調べた、あの踏絵があった。ところが、その踏絵を囲んだ木の枠に、黒い指の足跡があった。たくさん踏んだ中に、油足の人がいたわけです。

私は、踏絵を見るのははじめてではなかったから、ああ踏絵だな、という程度の印象で、その時は東京に帰って来てしまった。ところが、家で酒を飲んでいる時とか、夕方散歩している時に、その黒い指の足跡が瞼にフッと甦ってくる。

おそらく、踏絵というものは私たちの世界では縁遠いけれども、それを踏んだキリスト教信者にとっては、ここに彫られているキリストやマリアというのは自分にとって最も美しい、良いものの象徴でしょう。

たとえば、自分の恋人の顔を踏みなさいとか、母親の顔を踏みなさい、などと言われるより以上のものでしょう。私の場合だったら、女房の顔を踏みなさい、そうすればお前を助けてやる、と言われたら喜んで踏むけれど……。まあ、そんなものです。

その黒い指の足跡のことを考えると、どんな人が踏んだろうか、踏んだ時、どんな思いがしたろうか。もし自分の母親とか恋人の顔を踏まなかったら殺すぞ、と言われて踏んでしまった時、どんな思いがしたろうか。あるいは、もし自分がそういう立場にあったらどうするだろうか。これは誰でも考えることでしょう。

そう考えはじめると、だんだんその黒い指跡に興味を魅かれてくる。そこで長崎へ何回も出かけることになっていくわけです。

三浦朱門と、留学時代からの友だちの井上という神父と三人で、地獄谷で有名な雲仙へ行ったこともあります。

地獄谷は、熱湯が猛烈な勢いで煮えたぎっているところです。

そこの一番奥の所に小さな十字架が立っている。かつて、踏絵を出されて、どうしても踏めなかった人、黒い指の跡など残せない人が、何人か連れてこられて、刃で背中に傷をつけられたり、穴を開けた柄杓《ひしゃく》でシューッと熱湯をかけられたりしたらしい。お前の信念を棄てなければ、この熱湯につけるぞ、と。本当につけて引き上げたら、たちまちにして肉はなくなり骨になったというイタリア人の神父さんの記録が残っているくらいです。また、別の記録によると、八歳くらいの子供を熱湯につけた、と書いてあるものもある。そういう所だから今でも十字架がそっと立っているわけです。

その地獄谷で、私は三浦にこう言った。

「君がもし、自分の信仰なり信念なりを、棄てなければここに入れる、と言われたらどのくらいもつか？」

三浦というのは決してウソを言わない男だから、しばらく考えて、

「そうやなあ、一分間くらいもつかなあ」

と言っていました。そこで、井上神父に、「あなた、どのくらい頑張る？」と言ったら、彼は怒りました。

「そんなことはわからん。そんなことオレにはわからん。オレ、一生懸命お祈りするけど、そんなことわからん」

私はその時、ああ、彼はオレの友だちなりと思いました。この時、

「オレは頑張る！」

とでも言ったら、彼とは絶交するつもりでした。そういう偽善的な答えをしたら、たちどころに彼と訣別するつもりだった。けれども、彼はやっぱり私の友だちだから、そういう偉そうな返事はしないで、ついで、

「じゃあ、遠藤はどうだ？」

と。私は友だちにウソは言わない主義だから、「もうここへ立たされたら気絶してる」

と言ったものです。

こう書くと、あなたは笑うでしょう。けれども、踏絵をつきつけられて、もし自分の信念を棄てろと言われたらどうだろうか。どんな人にも踏絵はあるんです。また踏絵を持たなければならない。いや、きっと持つことになるでしょう。なぜかというと、自分の人生と生活とはちがうものだからです。

若いうちは誰でも人生をこうしたい、良く生きたいと思っているでしょう。けれども、社会に出て、生活というものの中に滑り込んでいくと、生活するために自分の人生を汚していかなくてはならない時が必ずある。

人生というものは、いわば踏絵です。そこへ生活という足がつく。私たちの生活は油足の足で、そこへ黒い指の足跡を残すことがないとは決して言えないのです。

そうこうしているうちに、私の心の中に、人間というものを主題にして小説を書きたい、つまり、たとえればカメラの位置を決めようという気持ちが強くもたげて来た。小説を書くことで、一番最初にする操作は、このカメラ操作なのです。

最近出回っている〝インスタントカメラ〟にしたって、ただ闇雲にパチパチ写すわけではなく、一応のカメラポジションを決めて、距離を考えて撮るでしょう。

私たちも、カメラポジションを小説において決める。その時、強い人間の方に置くか、弱い人間の方に置くかです。強い人間というのは踏絵を踏まなかった人、自分の信念を曲げずに生きていった人。弱い人間とは、黒い指の足跡を残した人。あなたはどちらにカメラを置くだろうか。

私は、自分がどういう人間か知っているんです。私は、戦争中から今日まで信念というものをどうも守ったとはいえない。

そういう感じを自分で持っているから、やはりその黒い指の足跡を残した人のところへカメラを置きたい。いま考えると、そちらの方へ置きたかったから、三浦や井上神父にあのような愚劣な質問をしたんだと思います。

私はどう自分を愛するか

雲仙から帰って来た私は、早速弱虫の勉強をはじめた。一人で行くのは恐いので、また三浦について行ってもらって、上智大学のチーシリック先生という切支丹の専門家のところに行っていろいろ教わりました。

すると、弱虫というか、黒い指の足跡を残さないような人、立派に信念を貫き通した人、あの時代だったら、地獄谷に連れて行かれて最後は殺されてしまった立派な人たちについての記録は残っているけれど、油足の黒い足跡を残したような人については、ほとんど記録がないことがわかってきた。

それはそうでしょう。私は灘の卒業生だけれども、兄貴は秀才だったから彼については成績表が残っているけれど、私のなんかは何もない。

「お前みたいな勉強のできない奴の記録を何で残すか！」

というわけで、どこの家庭でも、腐ったリンゴみたいなものはみんななるべくいわないようにするわけです。

それと同じように、そういう弱い人については、教会側も、また幕府側も決して書きはしない。当たり前です。自分が汚辱となっていたような傷口については語りたがらないし、幕府側について、すぐ転ぶようなやつ、すぐ信念を棄てるやつについては何もいいはしない。

そういう弱者、弱虫というのは、政治、いや歴史の中では沈黙の灰の中に埋められてしまう。けれども、そんな弱虫だって人間なのです。

自分の恋人の顔に足をかけろ、自分の母親や女房の顔に足をかけろと言われて、誰が好き好《この》んで足をかけるでしょうか。

しかし、そうしなかったらどうにもならないから足をかけてしまう。その時、足は痛かったはずです。ものすごく痛かったでしょう。そして何か言いたかったろう。何か叫びたかったろう……。

前にも書いたように、政治とか歴史というものは、英雄とか聖人について

は雄弁に語るけれど、英雄にも聖人にもなれなかったような人間については
あまり語りたがらない。

けれども、そういう弱虫を、もう一度生き返らせて、もう一度歩かせてみて、彼らの声を聞いてやる。これが文学なのです。少なくとも私の文学です。私は、これは書きたいと思った。非常に書きたいと思った。私は彼らを、沈黙の灰の中からもう一度生き返らせて、彼らの声を聞きたかったのです。彼らの、足の痛みを語らせて……。

強い人間には生きている意味があるけれども、黒い指の足跡を残した人に、もし生きている意味があるならそれは一体何なのか、ということを書きたかった。

こういう形で『沈黙』という私の小説はできあがっていったのですが、この本でも、同じ意味で弱い人間の方法を書きたかった。それは、私が臆病だし、小心で卑怯で（みんなと同じでしょうか……）、また誰でもそうでしょうが、できれば人を傷つけたくない人間だからなんです。

だから、この本の中でも、「ライバルの後ろに隠れて走れ」などといって

いる。他の人生評論家だったら、ライバルをあくまで追い抜け、倒せといういいかたをする。けれども、私はライバルに憎まれるのはイヤだし、傷つけたくはない。だから、後ろに隠れて走っていて、向こうが走るのをやめるまで待つほうを選ぶんです。これならライバルも傷つかないからという配慮です。

要するに、まず強からぬ自分、普通の自分、ありのままの自分を直視することからはじめたら、ということです。その上で自分の生きかたを正直に考えてみようではありませんか。

＊各章の冒頭の言葉は、著者の作品から部分引用したものです。
＊本書は一九八二年に小社より刊行されたものの新装版です。本文中、今日の観点から見ると一部差別的ととられかねない表現がありますが、著者自身に差別的意図はなく、また著者がすでに故人であるという事情に鑑み、原文どおりといたしました。

青春文庫

自《じ》分《ぶん》をどう愛《あい》するか

〈生活編《せいかつへん》〉幸《しあわ》せの求《もと》め方《かた》

～新装版《しんそうばん》～

2023年1月20日　第1刷

著　者　遠《えん》藤《どう》周《しゅう》作《さく》

発行者　小澤源太郎

責任編集　株式会社プライム涌光

発行所　株式会社青春出版社

〒162-0056　東京都新宿区若松町12-1

電話 03-3203-2850（編集部）

03-3207-1916（営業部）

振替番号　00190-7-98602

印刷／中央精版印刷

製本／フォーネット社

ISBN 978-4-413-29820-9

1分後、誰かに話したくなる47の「寓話」

話題の達人倶楽部［編］

〝いい話〟には、明日を変える力がある。泣ける話、ささる話、こわい話、不思議な話…仕事・人間関係に効く、珠玉のストーリー集

(SE-815)

世界地図でわかるすごい地形

おもしろ地理学会［編］

日本人が知らない世界の歩き方、教えます！山脈、大河、砂漠、海、湖から、気象、地質まで、世界のなりたちを解き明かす！

(SE-816)

通も知らない！鉄道の雑学事典

櫻田　純［監修］

車両に書かれている「クモハ」「モハ」はどんな意味？　電車の混雑率はどうやって計っているの？……つい誰かに話したくなる！

(SE-817)

仮説の日本史

定説では解けない謎の真相に迫る！

歴史の謎研究会［編］

そのとき、本当は、何が起きたんだろう？失われた〝パーツ〟から読み解く、新しい日本史の見取り図

(SE-818)